2018·新盛街笔记

姚大伟————

著

百花洲文艺出版社
BAIHUAZHOU LITERATURE AND ART PRESS

图书在版编目（CIP）数据

2018：新盛街笔记 / 姚大伟著. -- 南昌：百花洲文艺出版社，2022.12
ISBN 978-7-5500-4876-8

Ⅰ.①2… Ⅱ.①姚… Ⅲ.①散文集－中国－当代 Ⅳ.①I267

中国版本图书馆CIP数据核字(2022)第233134号

2018：新盛街笔记
姚大伟　著

出 版 人	章华荣
责任编辑	胡青松
书籍设计	方　方
制　　作	周璐敏
出版发行	百花洲文艺出版社
社　　址	南昌市红谷滩区世贸路898号博能中心一期A座20楼
邮　　编	330038
经　　销	全国新华书店
印　　刷	苏州彩易达包装制品有限公司
开　　本	787mm×1092mm 1/32　印张 9
版　　次	2022年12月第1版
印　　次	2022年12月第1次印刷
字　　数	120千字
书　　号	ISBN 978-7-5500-4876-8
定　　价	42.00元

赣版权登字 05-2022-291

邮购联系　0791-86895108
网　　址　http://www.bhzwy.com
图书若有印装错误，影响阅读，可向承印厂联系调换。

从未离开

我已不认识故乡

穿过这新生之城

就像流亡者归来

——引自于坚《故乡》

目　录

第一章

一些人的离开

王刚：在远离泥土的地方，说起故乡

办公室，在二楼的位置。我们在远离泥土的地方，说起了脚底下的故乡。

水满，声歇。

落入纸杯的茶水与茶水声，终于收在了杯口。

王刚说，还是为你画一张图吧。

于是一张平展展的纸上，瞬间立起一条街道：有人穿街而过，人家比肩而立。

借着一支笔、一方桌，王刚叩门，登临：

这儿是宋家，这儿是朱家。宋家与朱家，一墙之隔。宿豫区经贸局的朱某，是我的同学。他是朱家的后人。

紧接着，向南边，这一小段，一个大杂院，原属于新盛居委会。后来，早早地拆掉了，无迹可寻。

这边，中间，也是个大院子。它原来是一个工厂——盛极一时的脱脂棉厂。此地人说，卫生材料厂。至于当时是谁家的院子，已经不知道了。

再向南走，是一个槽坊。做醋，做酱油，抑或是做酒。不知道了。槽坊南面，这儿，是自北而来的第三个大杂院，青瓦青砖。老态虽显，但格局仍在。

再南边，是石家，卖豆汁的。石家好认，一是生意人，街上人去得勤。另外一个，是石家旁边有一条巷子，直通草原拐，在岔口。

再南边，新盛居委会搬迁地。可说的不多。紧接着是徐家大院。徐家，出过裁缝。远近甚至整个宿迁城，都很有名。而我家就是在徐家的南院。我家也好找。后边，有一个屠狗的地方，我们当地人叫杀狗组。居委会办的企业，很小。具体点，就是现在秦淮宾馆的身底。秦淮宾馆，临街而立，站在前面留出来的地面，举目南北，还是老街的走势，模样还在。

我家再南边，是肖家、蔡祠堂与李文章家。

李文章，这个人，记性好。词曲小调，宿迁掌故，博闻广记，有"活词典"之名。只是脾气怪。很难见，得凑巧。前些时候，我在街里见着了，身子骨不错。只是，现在的住处忘了细问。反正，还是近在身边。但落了地的一枚针，找不见。

过了李文章家，就是老新盛街东半街的尽头：沈家。

……

在没采访王刚之前，我曾在一张上个世纪 80 年代的地图上，寻找到新盛街。那是两条促狭的平行线，白亮亮，清爽爽，纤细如发。

街东、街西，被简单地分割成六块块状区域：棉纺厂、人民小学、脱脂棉厂、新盛小学，以及两块毫无标识的空白。它们拼接，独立，紧凑排列。新盛街处在夹缝间，自北向南，像是从主街道挤出来的一溜黏合剂。

在那张地图上，我找不到熟悉的地标。地图上没有人家，没有商场。市府东路也没开辟出来。运河路两边密布的工厂丛林，更是一个陌生的区域：物资公司、煤厂、烟酒公司、宿迁酒厂、土产公司、蔬菜公司、肉联厂、汽修厂、联运公司、建筑公司、棉布厂、食品公司、综合公司、煤建公司。

这些曾经从这里一直渗透、延伸到市民生活内部的厂房、公司，现在也完全消失不见，踪影全无。

我本以为借助地图可以看清这座城市更多的东西。结果，地图却粗暴地模糊掉更多的细节，修改掉我已然熟悉的街道。

一张地图，恍然间就是一座时空。虽然在同一片大地上，我熟悉的一切，却远还没到来。而王刚讲述的部分更在地图之外。

王刚说，一闭眼，几十年，一个人躺下来的时候，头脑总跟过电影似的，不由自主地回到街上。

一家一家数。

从南到北，从北到南。

在那样的夜里，他像是一株被收割的麦子，身体被屯在高处，远离大地，根须却深深地向着故乡的泥土扎去。

新盛街16号。具体的指向，具体的地址。王刚离开的时候，连门牌号都没想过要保留下来。那时候，他还年轻，不懂得怀念。

如今，那块土地之上，十分之一被城市的柏油道路密封，十分之四被那些新起的城市建筑踩在脚底。一切都变得模糊。

旧影，无痕。

我对着那些立在纸上的线条出神。一条一条，盘根错节，仿佛是一株植物的根须被连根拔起，摊晒在纸上。

我看到那块被线条圈出的区域，觉得它像被植物的根须紧紧攥住的泥土轮廓——久经风吹日晒，那些根须和土块一样坚硬，一样发白。

一样空荡暴露，无处安放。

一个人的回忆，是一道门。走得进去，出不来的门。

踏入这道门。王刚，从一些泥土出发，顺着泥土之上的根须，走向它们的另一端——那些曾出现在这片土地之上的事物——遍野的麦子、浩荡的荒草、成排的人家。

跟随他的语言洪流，我能看到时间里的麦子。它们贴着地面成长。俯下身，还能嗅到泥土的芬芳。

置身在这些麦子间，我还看到那掩映着的一条条界限分明，同样坚硬、发白，盘根错节的小径。

它们是大地的一部分，被成片的麦子挟持，挤压。

天气燠热。一辆牛车驶过，一些麦粒，在牛车上，颠簸，遗落。

只一瞬间，种子落地生根。

那些发白的根须，贴着地面表皮，不停地延展、下扎。不怯，不慌。而它脚下的土地，也几乎同时松动，裂开。

地面上，绣出一株株麦苗。浩荡，蔓延，汹涌上涨。

除了麦子，这块地上，还有荒草——这是另一些根须的另一端——荒草连天。同样浩荡，蔓延，汹涌上涨。

这些荒草，总在重复的季节里，重复着从前的模样。岁岁年年，生生灭灭。总是执着而又义无反顾地奔向自己的前世，追向着自己离去不远的背影。

季节轮转，它们的身躯被不断地重复收割。

而深植于地下的根须，却总能重生。在逝去、被收割的日子里，它们总能不断地自我修复，自我还原，自我生成。

总能涨满大地的每一寸细微角落。

至于建筑、人家，曾经作为这块土地上最坚固的存在。一些人的血地，胞衣，根须。它们曾经不畏风雨，不畏季节。有的已经站立了百年之久。太多的生命，从此间出发。当它们被机器收割，倒下，化为乌有。

它们却无法自愈。它们不可能像颠簸而出的麦粒那样，在属于自己的土地上，重焕生机。也不可能像荒草一样，在轮转的季节里，准确找到自己的从前。

作为人的根须，深深扎向这块土地的房屋、建筑、街道，一旦被割舍、分离，便只是一道伤口。

它再也无法穿越层层障碍，无法从泥土和岁月的深处，抖搂而出。

它们只是人们身体丢失的部分，只能深埋在大地之下。

王刚起身，点火，燃烟。

我再次想起那些一如血管遍布城市的线条。烟，在升腾、流散，在指间疾走，从纸上掠过。我看不清。

但我知道，烟消云散之后，我们处在了两个不同的时空——

沈家对面是新盛小学。从新盛小学向北而去是新盛街的西半街。抬眼北望，街道不宽，青石为面。

新盛小学这边，是许家。许家再北，是邵家、叶家和梁家。

梁家北面，另一户人家，姓王，是个文化人，在这条街上很有名。再北，是单家。这个地出名，当年下放的知青都集中在这儿。

再北面，是刘家。两个刘家。紧接着刘家的，是一个大杂院，后来做鞋厂。外人不知道，地图上找不到。

鞋厂北，是唐家。唐家的老头儿，有三怪：第一怪，养花只养仙人掌。整个家院子，从门到屋，全是仙人掌；第二怪，老头儿，脾气怪。一如家养的仙人掌，是个刺头；第三怪，怪在老头儿的太太身上。老太太，是个小脚道婆。

过了唐家，这边走。大拇哥，宿迁第一代中医，林先生。林先生，有史可征，逸事也多。再北，是下沟塘，老户人都知道。过了塘，是徐家大院。整个大院，清一色姓徐。徐家枝繁叶茂，只是后人大都不在宿迁。

接下来是王家，在徐家边上，王家的老人是老教师，嗓子好。这一片人都知道。号称"郭兰英"，到老还在唱，没有老人腔。

再往北，就是椿树的大杂院了。还没做宿舍，当时称作老酒厂。老酒厂，出现过很多稀奇古怪的事，讲不完。

过了老酒厂，是新盛街北端尽头：敬老院，也就是保婴堂旧址。身后一条老街，保婴堂后街，就取名于此。

邱明柱：街北、娘娘庙以及其他

民国三十三年，王祠堂尚有东屋三间，石狮一对。门旁，椿树两株，枝繁叶茂。王祠堂，住人。这人不姓王，姓陈，名字是陈晓斋。

陈晓斋夫人，这一年去世，停尸屋间，众亲不在身旁，忽然起身。她如往常一样，梳妆打扮，换旗袍，出了家门，北走。过新盛街，转保婴堂后街，再奔教军场而去。刚到教军场界，忽而倒地，又死。树静风止。

教军场，紧邻街市，一派烟火气息，是贩夫走卒、引车卖浆者流汇聚之地。陈晓斋夫人，行不到此，倒地而亡。大概是命中注定，叫她不再"食人间烟火"的意思。

陈晓斋，住的是东屋。王祠堂，直面新盛街，保婴堂后街在其身右。他之前住的谁？姓陈还是姓王，就不知道了。

当时，无人留意。现在，又无人对证。很多生活的细节，已如冰山一角。而这冰，又非一日之寒。恐怕早已无法冰释，何谈水落石出。

民国三十六年，国民党县衙拆九华庵，盖中山堂。一些老人还能记得，可以准确说出九华庵旧址在谁家身底。

民国三十五年，火神楼里来了一个疯尼子。另一些老人，也还记得。至于，疯尼子的模样，是高是矮，是胖是瘦，从哪里来，后来又流落何处，又说不清了。

火神楼，叫楼，却不是楼。能说清楚的人，也不多，印象模糊。大概是平地三间大殿，回门向南。

火神楼在新盛街北端，不属于新盛街。此地在解放前还有一道栅栏门。街上人，一日三次出入其间，印象还有。街上人称：舍栏子。这栅栏门，木质的，对扇，高约2米。顶部，有点弧度，并非齐平。

栅栏的间隙，极狭窄，不能容身。即使是四五岁的小孩子。

民国出生的小孩子，如今，也都在古稀之年了。七十年前的事情，很遥远了。往事难追忆。

一个人，四五岁模糊记事，七八岁读书识字。要他有意识地去识记，记忆一些事物，估计还得再长些。

邱明柱，在我寻访的第一批新盛街老人中，年纪算长的。记忆力，也很好。他是民国二十七年生人，今年八十三岁。解放时，十二岁了。

他住在九华庵身底，爬过新盛街北段的栅栏门，也见过火神楼里的疯尼子。

时间，过去了七十多年，几多风雨，又几多风腐雨蚀。他的记忆虽不是火把，但还能够彻照一隅。

他，一开口，就到了民国。

他记忆中的新盛街，可以算作民国末期，新盛街北段的最后影像了。没有图片。最后的影像，止于文字，止于想象力。

他说，民国后期，除了新盛街北段，新盛街西巷还有一道栅栏门。门的规格和北段的那扇一样，木质，规整，一格一格的。门的开合处，用粗重的铁链子锁着。每晚在 10 点左右关门。

夜晚，还有人打更，为的是防匪，防盗。

打更的声音，浮浮沉沉。人老了之后，常常想起这个声音。

街道空旷，巷子幽深。打更的声音，像一个人的脚步从遥远的地方来，再到更遥远的地方去，不停留。清晰有时，明媚有时，缥缈有时，幽咽有时……

最后，终于一片模糊。

仿佛上一辈人和这一辈人的记忆，到最后，终将夜深不知处。

邱明柱的祖父和父亲，都是老私塾，"四书五经"的底子。但当他七八岁能念书的时候，父亲偏偏给他念洋学堂。时代到底是变了。念什么样的书，问什么样的前程。新桃已经换了旧符。

老师还记得两位：一位蔡先生，一位姜先生。蔡先生，教国文。姜先生，教算术。两位先生，住得很近，都在新盛街北头。

学堂设在天后宫，具体是天后宫的前殿。如今学堂的所在，片瓦无存，只落个白茫茫大地真干净。民国时期，这个学堂，一直叫闽侨小学。

闽，是福建的简称。闽侨，顾名思义，就是落居宿迁的福建人。闽侨小学，是民国期间，闽商在天后宫办的小学。服务对象，自然只限闽商的后代。

邱明柱拿邱氏家谱给我看，家谱上面说：宿迁邱氏一族，原籍福建龙岩，来宿迁已逾四百余年。

四百年之逾。开枝，散叶。如今早已枝繁叶茂。

新盛街一带，吴姓、廖姓、陈姓，与邱姓大都沾着亲。他们也是闽商的后人，他们的老辈人都走得很近。

在闽侨小学，与邱明柱一同念书的，一个班就有四十多个。当然，他们早已不会说福建话。他们学习，交流，用的是本土的宿迁话。

他们已经是名副其实的土生土长的宿迁人。

宿迁邱家，明清以来，一直以经商为业。

民国时，主要以经营烟店为主，卖皮丝烟，福建产的。据说当时很紧俏，名声很广。武进著名史学家吕思勉，就专门为它写过诗："谁切黄金做细丝，由来此物最相思。"黄金细丝，福建的皮丝烟，成了吕思勉的相思之物。

老辈宿迁人熟知的两家烟店——财神庙众兴烟店和邱日泰烟店，就是邱姓人家经营的。当时，很红火。

新盛街的天后官，邱氏家谱上说，也是邱家联闽兴建的。这个时间，没写具体，大致可以追溯到乾隆时期。等到邱明柱念书的时候，天后官的建筑群和建筑格局，据说，还依然如旧时，模样不曾改过——前是门楼，后是正殿，中间一座前殿。前殿正南，另有一栋坐南朝北的青砖楼，名曰：福建会馆。

福建会馆，各地都有。它是闽商南上北下的根据地；是离乡人的落脚点；也是福建人落居宿迁之后的福利院。它是乡情乡谊的联络处。

新盛街的福建会馆与天后宫，在一道围墙里面。它与天后宫是一体的。天后宫日常打理，神祇的供奉之物，也都由福建会馆代办。所谓"答神麻而联乡谊"是也。

新盛街的福建会馆，很气派，解放前就不存在了。天后宫，更辉煌。如今，只剩下一道残墙。天后宫最后的历史，值得记住的有两个年份。一个是1952年（1952年建酒厂，拆了部分），另一个是1970年（1970年因盖上机床厂的职工宿舍，天后宫被全部拆除）。

为了给我看这一道残墙的照片，邱明柱又从家谱身底取出一份自制的剪报册子。这册子，厚厚的一大本，有封面，有装订，A4纸大小，保护得很好，里面满满当当地粘贴着各地方报纸的碎块。

纸块有长有短，上面的字体有粗有细。随便翻看一下，全带着"宿迁"的字样：宿迁历史上最早的公路、宿迁杨泗洪墓、宿迁名人、宿迁名品……

他在其中一页停下来，指尖点在左下角的一块纸片上。

我看到这块泛旧的纸块，最上面两行醒目的黑体字：天后宫残墙"长"出仿古屋檐。这是大标题。其上，还有一行小标题：延续"新盛"美名，打造古街"软实力"。报纸的时间，不在剪贴的范围，无从知晓。但看着泛黄的页脚，估计也得个五六年之久。

再者，新盛街大面积动迁已经过去了四年……邱明柱搬出新盛街已经十年。

纸片下方配了一幅照片，黑白的，很清晰——黑的地方黑，白的地方白。黑与白，都有层次。画面中，一个站在高处的工人，头戴安全帽，手持工具，正在给天后宫这道最后的残墙，装扮上"仿古的屋檐"。

想看它过去的模样，大概还得去掉这些仿古的屋檐。这得需要想象力了。但不管怎样，它还是它，它还在那里。

它还在从前的方位上。

它还站立着。

它还是天后宫的一部分。

它还可以去访，可以去看。

它还可以抒怀，可以寄兴。

它还是一条老街的记忆的坐标。

即使是残的，即使只有一面，即使现在又面目全非……

对于邱明柱来说，这道残墙，是百年闽商在新盛街留下的最后那点东西了。现在，我想象中的它，全是西风残照中的模样。

寂寞。

霜冷。

叶波涛：街南、清洁堂以及其他

新盛街叶家，是道光年间之前搬到新盛街的。到叶波涛这一辈，已经是第七代。在很长一段时间里，叶家一辈一辈人，就住在同一条街上，守着同一块地方，看着同一片天空。

旧邻居，搬了一批又一批。新邻居，来了一拨又一拨。空缺了的，被填补。填补了的，又空缺。他们没再过腾地方。

他们出入同一道门，在一个院子里生活。那是一栋很漂亮的四合院，晚风从檐下来的时候，瓦松，秋阳，疏疏离离。

叶波涛，今年八十整，儿孙满堂。他知道新盛街更多的细节，一些晚辈们语焉不详的部分，他还可以清晰地说出——

比如，新盛街最南头那一家。

王刚能记事的时候，沈家已经住在新盛街十好几年了。所以在王刚的记忆中，那栋房子的主人就是沈家。

但叶波涛说出了那栋房子的另一个主人。

他说，那栋房子是蔡家的。

从他记事的时候，那家就姓蔡。那时，蔡家住着一个年轻女孩子，十六七岁的模样。那女孩生得漂亮，出类拔萃。有一年她加入青年军，在街上出现的时候，总穿着米色的军装。一时风光瞩目，惊扰了很多人的记忆。

内战期间，国民党节节败退，蔡家人一夜向南奔逃。那道米白色的身影，从此也就如烟似云，不知所终。

革故鼎新之际，房子空了下来。老沈，沈××，当时在新政府里工作，做区财务助理。住房的问题，是组织上解决的。

老沈搬到那里的时候，叶波涛记得是 1950 年前后。

1950 年，王刚还没出生。相对于叶波涛而言，王刚还太年轻，他还无法看到这条老街更深处的秘密。

此外，新盛小学北边，人们记忆中许家的房子，最初也是叶家的祖产。

叶波涛说，叶家五辈人以前，有一支搬去了苏州发展，便把家里房子卖给了许家。当时许家在清朝的衙门里做事。

还有邵家——

新盛街的邵家，本是个外来的租客。

他们原不住新盛街。他们住的房子，也叶家的房子。他们租的时间不长，70 年代就搬走了。

可是，就在这住得不长的几年里，邵家人与新盛街，却深埋在另一代人的记忆中。

当年轻一辈新盛街人，在给我讲述老街历史的时候，还是会在记忆里，给邵家人留下一块地方，一间房子。

叶波涛和老邵很熟。

老邵原是水泥厂的厂长，一个有能力的实干家。邵家的三爷，如今还在，80 多岁了。前些时候，叶波涛还遇着了，互留了地址。他们离得远。即使叶波涛，真拿着地址去找，也不容易。

最近二十年宿迁变化太大了：市府大院西迁；东大街改造；苏宁广场新地标建起；道生碱店整体向东平移 28 米，抬高 0.9 米；中山路、鱼市口路翻新，拓宽；项王故里扩建；新盛街拆迁……

过去新闻，是第二天见报纸。现在，是现场直播，以分秒计。手指划过屏幕，新闻就在"手指一拨"间。

城市也一天一个样貌。

叶波涛一直住在老城，没走。老城的每次变化，他都在现场。他是看着老城里的热闹劲儿，一点点冷了下来，以至于门店冷落、街道冷清、市井萧条。

市府大院，真仿佛是刚出锅的笼屉，搬到哪儿，便把热气带到了哪儿去了——如今的城外，高楼林立、广厦万千，俨然成了这座年轻城市的热闹中心、繁荣中心。

2012 年新盛街南街拆迁之前，叶波涛已经在新盛街生活了七十多年。他现在住在凤凰城，离他曾经住处（新盛街的老家）的直线距离不过四五百米。

他不想离得太远。

虽然那个地方，已经面目全非。

叶波涛说，和他一样的老城人，凤凰城里还有很多。在凤凰城一格格的已然老旧的商品房里，每天都会有很多双与叶波涛一样苍老的眼睛，透过后窗的玻璃，不时地投向着身后四百米之外的已然消失的老街。

他们的眼底，是另一世界。

虚幻又真实。

有一段时间，在他走神的时候，我突然想问一些关于新盛街南街附近的旧事旧物。比如清洁堂，比如吴九先生汪，比如鱼市口，比如……

我想在他的叙述中，把脚下的这一排丑陋的水泥建筑一一抹去，把年老的他，放回过去的时间里。

时间让有形的事物，变成了无形。但记忆却可以让无形的东西，重新回到有形的状态。

它会让消失的事物，重新变得可触、可感，以至可观、可兴。

我想象着与他一同走在过去的风景里的画面，想象着我们一起看到时间更深处的东西：青石板铺就的街道、青石板缝隙中如米的青苔、雨后斜阳如丝地披挂在青砖青瓦的上头……

那些宽大的青石板，从我们的脚底开始清晰。

一声声的脚步声响，仿佛不是从脚底叩击而出，而像层层附着在鏊子上的煎饼一样，被声声揭下。

我想，每一块青石板收纳起来的脚印和脚步声，都会像是积压千万年的岩层那样：重叠，又层次分明。

在叶波涛深情的叙述声里，我将是一个记忆的还原者和体验者。我在他留下的脚印里，轻放下我的脚步。

我看到他曾经看到的事物，触摸到他曾经触摸到的事物。

当他说起街南的老建筑时，我的脑海中也瞬间平地起高楼、叠屋架梁。

比如清洁堂——

清洁堂是新盛街南街的开端。如今，那块地，界限模糊，密密地压在一排连体建筑之下。

没有照片，没有图纸。能够在头脑中绘制出它的模样，我的参照物是保婴堂后街的张祠堂。

去年，我曾看到张祠堂被拆的整个过程。

看到那具仿佛鱼骨一样的屋架，是如何一点一点解除武装，如何一点一点裸露地出现在寒风之中。

那一个冬天，他们没有把它推倒。

人们让它在严寒中度过了自己最后一个冬天——一栋上百年的建筑，只剩一副骨架，在寒冬里莹白，无助……

我确信，我可以还原张祠堂原本的模样：把时间向回拨动一圈，借着时间之手，把张祠堂被剥落的外衣，一件件重新穿上。把剔除的砖瓦，一块块重新填充回去……

除了记忆，我还有照片。我还可以借助照片，修正我的记忆。而时间那头的清洁堂，不过是把张祠堂的旧模样，从保婴堂后街，复制粘贴到新盛街消失的南街。

杨祠堂和清洁堂一样青灰，一样老旧。唯一不同的是，杨祠堂在这片大地上站立得稍久一点。

叶波涛说，清洁堂里供奉的是观音菩萨。大殿三间的模样，观音菩萨法相庄严，端坐在大殿中央。香案、蒲团和诵经的人，都在菩萨慈眉善目的注视之下。

清洁堂的观音像与别处的不同。它是生漆脱胎，质地很轻，一个人就可以抬动。还有，清洁堂诵经的人也与别处的不一样，她们是不受戒的。

清洁堂的本质，不是庙宇，而是带有福利性质的官办机构、救济机关。清末民初，清洁堂在城北骆马湖一直有一块不小的官田地。

田地租于农人耕种，地产之物，除去租种者所得，其余大都归于清洁堂日常所用。

清洁堂被取缔，是在民国初年。这个文史资料上有。被取缔之后，原来的建筑大体没动，建立宿迁第一所女子学校。这个比叶波涛年纪长的人，还能佐证。

学校在抗战时期，又被搁置废弃。

1947年，抗战胜利之后，民国政府重拾荒废，成立民本小学。

1949年，解放之后，又成立新盛街初级小学。

新盛街小学，第一任校长是吴兆镇，第二任是王希光，第三任是陈思明。

叶波涛是新盛小学1953级毕业生。他在这里念了四年，一年级到四年级。当时的学校发的文凭是初小，五年级六年级是高小。新盛街小学学制只到四年级。

叶波涛能说出清洁堂最后的模样：两道山门。坐北朝南的一道，被砖瓦堵住了。新开的一道坐西向东的山门，成了正门，门额上有"清洁堂"三字的砖雕字匾。清洁堂里面的建筑格局已经遭到了破坏：腹地新起一栋教学楼，两层，是座木板楼。山门处，另立了一间大屋。教学楼的底层原做教师办公室，1952年之后，上学的学生多了，那栋大屋便做二年级和四年级的教室。此后，又在旁边辟出一栋草屋，两间半的光景，用作一年级、三年级教室。学生再多，又把西边一间废弃的民房，做成教室。

叶波涛上学的时候，学校的学生总数是四十人。等他毕业的时候，已经有一百多人了。规模扩大，社会安定有序。

我想的是从四十人到一百多人的瞬间激增的画面，语言仿佛播放器的放映键，让时间瞬间拉紧，压缩在记忆的青石上——

一百多个人就是一百多双脚。一百多双脚从新盛小学出发，走在了1953年的街道上。他们的脚印留在1953年的青石条上。

在叶波涛彻照的记忆中，这些脚印各有归途。

时间如云。

云深不知处。

周永文：年少穿街而过，往事并不如烟

时隔五十多年，周永文仍清晰地记得，脱脂棉厂后面的那个小商店。他能不假思索地说出那个老售货员的名字——皮四爷。

"这一带人，无论老幼，都称其为皮四爷。"

只是，他记不清多少次从皮四爷手里，接过那碗酱油；记不清一个人捧着一碗酱油，穿街而过的时候，有没有风和日头。

一个人，独自面向时间敞开着的记忆，浩瀚而孤独。

"一切，像是被水洇住了一样。"

街道、地面，还有人家……

"能看到自己的手。"

土瓷碗边的，一双稚嫩的手。

此时，它们像小胡萝卜条一样的颜色和形状，一条一条的，奋力地张着，僵硬、分明。

由此带来的，还有季节的感知。手边有风，干燥，寒冷；皮肤，皲裂而不知。

"然后，是碗里的酱油。"

亮亮的，酥酥的。

不经意间，有光影划过。

"它不安分了。"

这种不安分，让回忆的画面，起了波澜。让人想到手的颤抖、脚步的慌乱，想到有一个声音，从脚底或身后追来，由远及近，渐有层次。

想到，一个人忽得扎进了画面，像潜水的人忽得把头探出了水面。

也就在这一刹那，周永文听到了自己的呼吸声。

在回忆中，那声音，就在耳边。

它让周永文产生了错觉——仿佛不是脚步在跑，而是呼吸声在跑。再准确点：是脚步驮着呼吸声在街上奔跑。

声音，急促响亮。

声音，穿街而过。

而街道在急促的声音里，开始变得明朗。一扇扇门，都陷在青砖墙里；一道道檐，都僵硬地向着外面撇着。

门里，檐下，若隐若现，藏着一段段烟火缭绕的故事。

那些门，打湿了对襟盘扣衫一样，乍现春光。

一街的人声、光影。光影、人声，就在谁家的门里，明明灭灭，躲躲闪闪。

没有回声。

回忆，梦幻，斑驳。

……

这是周永文的记忆，所能抵达的源头——上个世纪 70 年代初的新盛街。

一个人，最初的成长，从认识一条街开始。

这个时候的新盛街，两边的房子都不高，青砖，青瓦。

街面上，还铺着青石。

青石上，是土车留下的辙。

没有太着急的事，后车就压着前车留下来的辙，悠悠而过。

这个时候，整条街，青砖叠得最显眼的，是周道光家的大院。这个时候，你在街上遇到的那个老马，还是那个会跳旱船的老马。

这个时候，谁家孩子生病了，第一个想到的是街北的陆八爷。而谁家要起新屋，请人看宅子，还会偷偷地想起那个已然败顶的牛道士。

"牛道士的养女，已经成人。"

他们住在灶君庙西边的那两间破屋里。白日里，他们的屋子，如夜晚一样昏暗。而他和他的养女，就这样在那间昏暗的屋子里相依为命。

这个时候，徐家大院后面的那片青砖之下，那个倒铝锅的外地人，说不定明天就会来。而人称周二爷的周永文的祖父，说不定，刚从新盛街的尽头，折路而西，再一次走在了去东大街的路上。

这个时候，住在显佑伯行宫西边的窦燕客，已经年迈。他在东大街那间狭窄的门店里，终日忙忙碌碌。此时，他可能正在给人修胡琴或写真。在他的身旁，一早从张家豆浆铺子里打的豆浆，到了黄昏，还依旧温热。

周永文永远记得被祖父挽着，去东大街见窦老的情景。窦老，戴着眼镜，留着胡须，见了面，先给一块糖，再给一脸慈祥的笑。

周永文喜欢窦老门市斜对面那家卖文具的小店。当祖父和窦老聊天讲古时，他就对着文具店里的红色或者黄色的蜡笔出神。

周二爷，能文，能诗，整理过宿迁的淮红小调、新盛街史，是个老派的旧式文人。窦老，博学多能，诗、书、画、印俱精，是一个难得的师友。

他们两个，临街而谈。话语间，依旧还是，旧日不曾变改的风月。

一条街，人来，人往。

窦老，长袍，长须。

飒飒古风。

一辈古人。

……

为窦老，我曾两次拜访周永文。周永文，才思敏捷，随口闲谈，录音成字，便是不错的文章。

我从周永文的言语里，再次看清穿在窦老身上的那件长袍，再次看到窦老转身之后，那条明清老街，最后的那一点青灰旧意。

还是在周永文那里，我看到那个端着酱油的小周永文，一只手敲着窦老身后那点青灰旧意，数着青灰之上的琉璃瓦，缓步回家。

如入诗境。

多少次，我固执地以为——新盛街没有诗。但新盛街有诗人，敲着砖墙回家的周永文便是。

多少次，我站在已成废墟的新盛街，我就想着这样的一个少年——他住天后宫东巷，他每天放学回家，要经过保婴堂、人民小学办公室、福建会馆、卫生材料厂、老酒厂（这些已经从这片土地上彻底消失的建筑，在借助着少年蘸满阳光的手，一下又一下的敲击声，一点一点，修复，缝补。在我的眼前一块一块重建，重现）。

虽然，我只能远远地看着。

虽然，我无法走进这些老建筑的近身。

但我确定我和周永文看到的是同一块砖，同一道墙，同一片青灰。

这时候，周永文端着一碗酱油穿越而过，我的脚步也紧随其后。这个时候，周永文折路转向天后宫东巷，我的目光也如影随形。

他经过那栋红砖红瓦的建筑，我的眼光也落在红色的砖瓦建筑上。

他停步，我也停步。

在那片被青灰夹持的红色里，我确信，我们看到同一段故事——

周永文说，这里住着一个瞎子，姓陆。

我便看到，陆，一辈子没嫁，与母亲相依为命。

周永文说，陆，原不瞎。因为一个国民党的军官，她害了相思，不得相思，生生哭瞎。

我便看到，陆，眼里的泪已干，心里的光已灭。

……

那是一个没有诗歌的年代。

而这个故事，却恰恰最具诗歌质地。

它的凄美，指向张恨水，指向鸳鸯蝴蝶派，指向明清小说，也指向元曲、唐传奇、汉乐府。

在我眼里，它，是中国的故事，汉语故事，是必须安顿在方块字里、汉字里，才妥帖，才恰当，才合适的故事。

周永文说，他趴在陆家的矮墙上。

而我看到，这个中国故事主角的最后所有生活细节。

周永文说，政府给陆每月六块钱补贴生活，娘俩一共十二块。但即便如此，她们还是只能勉强够生活。

我便看到，陆的母亲，到农村乞讨，带些干煎饼、发霉的红薯干回来度日。

周永文说，有一回，他攀上青砖墙，看到的是满院子的煎饼、红薯。它们，成块，平铺。阳光从屋侧抄过来的时候……粮食生金。

我便看到，那发光的粮食，惊扰了趴在红砖矮墙的少年。

我不知道，那些关于周永文的，另一些动人的细节，又被谁窥探走了，捡拾走了。不知道它们是否会被保留，是否在另一些人的记忆里不断地被翻捡，被说出。

而作为周永文的聆听者，此时，我拥有了另外一个视角——

当他再一次回到70年代的新盛街，回到那条回家的巷子里，回到那间红色建筑前，当他小小的身体再次趴在那道矮墙上，看到那粮食的金光。我仿佛就在他的不远处，就在另一道矮墙的上方。

借助周永文的回忆，我能看清镀在少年脸上的薄薄的金色。

我能看到新盛街那一片青灰的建筑，犹如手背；看到那一栋红色的房子，犹如手心；它们在陆的故事里，向着那些发光的粮食聚拢而来……

我能看到，那金黄的色泽，被整个新盛街捧在手中，高高托起，托在周永文记忆的最上游。

王兆生：让记忆照亮过往细节

皮四爷，原名皮永军，背有点驼，个子高，是商店里的工作人员。去世的时候，都将近九十了。

皮四爷去世的时候，周永文正在外面闯荡，问着他的前程。

而大周永文二十岁的王兆生，已带着满心的疲惫，身如识途的老马，从异乡的车站回到新盛街。

在整理他们两位的采访笔记的时候，我把他们的记忆嵌在一起。于是，我看到，一个人缺失的记忆正好被另一个人填补了。

我看到一段从他们身边流过的较为连贯的新盛街时光。

除了皮四爷，那个住在街头的陆八爷，在他们聚焦的记忆下，也开始变得清晰。

先是王兆生说出了他的名字——陆树民，然后是周永文说出了他的具体地址——新盛街最北端，蔡家大院。

"和陆八爷做邻居的，是蔡克良、朱为民。"王兆生说。

"而蔡先生和朱先生的住所，现在还在，大的格局也没变。"周永文说。

王兆生和周永文没有照过面。但录音笔里重放他们的声音时，仿佛他们挨得很近，就坐在我的对面一样。

去年，我和另一位朋友到蔡家大院拍照的时候，看到蔡家大院最里间的一扇木门上，写着一个小小的"朱"字。

那一定是朱为民的家了。于是，我的一个记忆也回来了……

王兆生说，新盛街蔡家，开刻字店的，店号"一经堂"。陆八爷的那间平民小店，就在蔡家刻字店后面。名字是：陆树民诊所。

陆树民，学的是西医，用药也是西药。但陆树民晚年最为人所称道的，却是中医的针灸。

针灸，不知道他什么时候学的，效果称奇，尤其是治疗小孩子疾病。

以至于在新盛街晚一辈人的记忆里，陆八爷，成了一名专治小儿疑难杂症的中医儿科大夫。

我后来查看笔记本里的采访记录，无意中找到了那些比王兆生"晚一辈的人"。他们告诉我的陆八爷，正是中医儿科大夫。

这些已经形成文字，被记录下来的有关于陆八爷的故事，虽然来自不同的嘴巴，但叙述的高潮几乎都是："他是一个诊治小儿疾病的高手"。

我注意看了一下受访人的年龄——六十多岁。

他们给我的印象不错，思路清晰，人数众多。关键是可以相互佐证，是我较为信赖的人群。

他们中的一部分人，已经在报纸上发表回忆性文章了，有的已经印书流传。

他们攥着新盛街叙事的话语权。

但遗憾的是，他们的成绩有限。这条明万历五年就存于方志的老街道，现在还没有一部专门的书籍去介绍它。

它落在纸上的背影，还只是水边的脚印，雪爪鸿泥，片羽吉光。

我想起，最初采访王兆生、周永文、叶波涛、邱明柱时的初衷——我只是想在路过它的时候，抓住一些正在流逝或者即将消失的记忆。

这一代人的鲜活的记忆。

我无心写一部老街传记，也无力去翻材料考证，做学术。当时如此，现在还是如此。相比老街的历史和文化，我更在乎人，在乎特定时间里的人的生活。

我在乎人的遭遇，人的感受。

我想听他们说。

让记忆，汹涌地说吧。

每次采访结束后，我会邀请他们一起重回新盛街。我更大的奢望是，听他们实地讲述，为我指出那些记忆的发生地，原生地。还有，我想看到他们被记忆包裹住的状态……

但这些邀请，每次都落空了。我一直没能如愿。

太多的时候，我只能一个人面对录音机。

我只能一个人听着从宿迁不同角落里收集到的声音，记录、回忆、代入，一遍一遍地把自己拖回新盛街已然熟悉的街道上去。

使我困惑和惊喜的是，每一个声音里，都有一个不同的新盛街。我每次回到新盛街，都能看到一个新的新盛街。

我总在填充、在拼凑，像是一位素描的初学者，在已经画出的基本轮廓中，笨拙地找着明暗交接的线条，重复地擦线条、画线条，吃力地从外部轮廓画向内部轮廓……

　　我时常一个人站在新盛街的街道上，回想着录音笔里的声音——

　　有一回我看到了各式各样的篮子。一群人，挎着各式各样的篮子从我身边走过：

　　卖花生的，篮子精致；

　　卖馒头的，冒着热气，肩上是根扁担，篮子一头一个，篮子在晃动；

　　包子店贩出来的包子，放在顶在头上的篮子里，小贩满街喊，从你身边过，听得真亮，荤素都有，个数嘛，有几十个之多；

　　还有卖重阳糕的，也是篮子，重阳糕上插着小彩旗，红黄蓝绿的颜色，就探在深色的篮筐边上。

　　红黄蓝绿，一大片富饶的好颜色，都在眼前了。

　　一条冷清的街道，又热热闹闹了。

　　我看到他们从我的身旁过去。虽然看不清脸，看不清步态，但我总能看到他们的远去的模糊背影，一点一点嵌在了老街泛灰的屋檐下和青砖墙上……

　　另一回，我听到的是节气里的人家。它仿佛给了我一个从天井向下俯视的视角，让我看到老街人家日子最生动的细节——

　　他说的是五月端午。

五月端午，街上人家，要挂钟馗、挂五毒串子的。

五毒串子，就是用纸做的老虎、长虫、蜈蚣、壁虎、蟾蜍，叠成一串，用线穿起来。风来的时候，盈盈而动的模样，历历在目。

挂钟馗，各地都有，但老街人更钟情于灵璧县的钟馗。

老街人，出去买钟馗，只问是不是灵璧的。钟馗纳福，护佑家宅，挂上钟馗，一室亮堂，图个吉利。传说，灵璧县每年会出一个真钟馗的……

在此之前，我在新盛街空荡的老屋里，真见过一幅钟馗的中堂。

那时我还没有把它和五月端午、老街民俗联系在一起，还没有一个声音为我照亮这个具体的细节。

我只是看到了墙壁上的一幅人物画，看到了一幅落满灰尘、已然泛黄的中堂画。我没有想到这就是世俗生活中最鲜活最生动的部分——它承载着人们对美好日子的祈盼。

那时，我还没注意到这些被丢弃、遗留下来的生活碎片，都跟一段段具体的日子有关，跟人的幸福和悲伤有关。

这些被丢弃物，都带有人的温度。

从此，我开始了对人的探访。

我去询问窦燕客先生的消息，去叩响一扇扇陌生的门，录下一段段陌生的声音。

我去找窦先生的儿女、邻居，去访窦先生的故家、荒冢，去故纸堆里剪裁窦先生的片言只字，去收集窦先生的书画。

我在文史资料上开出要访的名单：刘云鹤、蔡西野、傅丁本……

　　在受访者的家里，我一个一个打听他们的地址、电话、微信……一而二，二而三，三而十……在王刚那儿我见到了周永文，在周永文那儿我知道了傅丁本，然后傅丁本介绍了叶波涛，叶波涛而后是王兆生……

　　王兆生先生介绍了董胜琴、张祠堂主人。

　　我在王兆生先生这儿问清了另一些已经模糊的人名。

　　第二次采访王兆生先生的时候，我是为了打听另一个人的下落。我对这个人很感兴趣。他在众多的声音里出现，浮浮沉沉。

　　他是个奇人。

　　他从未剃过度。

　　他是个头陀，法名向明。

　　向明从未受过戒，却终身持戒。

　　向明穿僧衣，念佛经，住如意庵。

　　向明和尚是个悲剧人物，一个西西弗斯式的人物。

　　向明和尚一生只有一个理想——修庙，但不想自己却生在一个战争连年的时代。他行医，化缘，立誓"不修庙不剃度"。但命运却始终没给他那块实现理想的土壤。

　　王兆生见过他。跟王兆生一辈的老人中，也有不少人找过向明和尚看病。他专治各种毒疮。

　　王兆生说，他见到的向明和尚，已经人到晚年。

　　晚年的向明和尚，是县政协委员。新政府尊重他。他每到过年时节，都会戴着高高的僧帽，穿着金色的僧衣，挂着一柄龙头拐杖，到县政府拜年。

他走在前面。街上的小孩子叽叽喳喳走在他的后面，能看到他金色僧衣下大红的僧鞋和帽檐处白色的头发。

他从下街的如意庵出来，缓慢地走在新盛街青石铺就的道路上。街上的风景，在拐杖的叩击声中渐渐明晰。

他苍老，一生没能如愿，没能完成他修庙的宏志。但在和平的、给人希望的新社会里，他心里充满了阳光。

王兆生说，他个头不高，胖了，胡子发白。

他，俗姓韩。

名字不传。

第二章

另一些人的到来

张福贵：这一代学者能为宿迁留下些什么

既然拆，一定要拆。

那么，这一代学者，能为他的宿迁留下些什么？

即使，给出的想法，不成熟。拿出的方案，通不过。但一定要有一个声音。

没有声音是可怕的。

它不该是沉默的。

更不该被谁扼住。

它，应该发自宿迁学人的喉管。声音本身，就很重要。

声音，即力量。

哪怕，微弱。

需要说的是，我一直在寻找这个声音，在已然废墟的新盛街，在独自一人面对那些空洞的房屋和残缺的街道的时候。

我一路寻寻觅觅，寻寻觅觅，最后，终于在张福贵的小池东书馆，与这个声音相遇。张福贵，是早期新盛街改造规划组专家成员之一。他是宿迁文化研究者，是宿迁文史资料收藏者，知名学者。

张福贵知道新盛街的拆迁计划，是在 2017 年。

他住在老城的中心，宿迁旧城的身底。他选择住在这里，为的是及时感应得到，老城每一次规律的跳动或心律失常。

他当时的第一反应是，不应该拆。新盛街，是老城最后一条老街。拆了之后，宿迁最后的那点青灰旧意，也就荡然无存了。

但……要是拆，也没办法……

毕竟，人微言轻。

张福贵能做的，太有限。他只是一个书生，一个"卑微"的知识分子。他对自己有很清楚的认知。

只是，心底的渺小、微弱、无力越是被看清，被放大——铁屋子里的大毒蛇把他攥得越紧，他就越是不甘，越是想要呐喊。

他还有一点想法。

一点，知识分子，应该去想、去说、去争取、去完成的想法。

他想给宿迁人留下一块历史文化街区。

一块留给后人回忆的街区。

这个街区的名字，叫什么，无所谓。记忆广场也好，时光之城也好，只要它是实体的、可触的、可感的；只要它，不再像故纸文献里那些平躺在纸张上，泛黄的图片和语焉不详、不明所以的文字即可。

十几年了，张福贵一直在收集宿迁地方文化资料。他极熟悉那些片鳞半爪的图片和吉光片羽的文字。

那里面，透着另一种无力感。

它们的语焉不详，其实是一种拒绝——无论你怎么去搜寻、查找，无论你用了多大的功夫，拥有多充沛的想象力。

它们缺失了，就是缺失了，你无法填补。

它们空白了，就是空白了，你无能为力。

也是这一次，我在张福贵的小池东书馆，第一次看到了老宿迁最丰富的史料档案——家谱、照片、老砖、残瓦、木器、拓片、门牌、奖状、地方名人字画、诗集、联句、民间流传的手抄本、正规出版的文献……

十几年间，但凡市面上有的，地摊上卖的，网络上拍的；但凡与宿迁有关的，哪怕只言片字，他都尽其所能地收了回来。

在这间狭小的地下车库里，他一边收集着、写着关于宿迁的文章，一边把这里填充为宿迁最好最丰富的地方文献中心。

他为它起了一个名字：小池东书馆。

小池东书馆还没有正式的牌额，它只在张福贵的文章和他朋友的口耳之间出现。它已经蔚为可观。

取名如是，是因为，张福贵现在住处的斜对面，是前清宿迁第一文化名人王相池东书库的旧址所在。池东书库，当时是江北第一藏书楼。它所藏宿迁地方文献亦多，被张福贵称为宿迁文化的家底子。

虽然这个家底子，早已经散尽。

在相对的地理时空上，张福贵的"小池东"和王相的"池东书库"是"邻居"。张福贵追慕先贤之志，也是个承继。

小池东，是个开放式文化空间——三壁图书合围，两只板凳分坐，一只旧斛为桌。平日，看看书，写写字。来人，喝喝茶，聊聊天。

这一段时间，张福贵还想学学蒲松龄，在小池东门外摆一张桌子，烧些茶水，邀请老城的人坐下来，把老城的记忆留下来。

就像十年前，他住城西那样。每天晚上，拉一包书，以书会友——书价是十块钱一本，但讲一个有关宿迁的故事，价格减半，五块钱一本。他最后做了两个夏天，收集了很多宿迁故事。

这一次，他想做个"口述史"档案。

他说，要用这个"口述史"去参证这些年所收集的文献资料……这些文献资料，就在他的身后。

当他转身环视四周的时候，我看到了他的背影。这个背影，让我心里温热，敬意丛生……

所以，当他知道宿迁最后一条明清老街"新盛街"将要改造的时候，心急如焚。那个时候，他四处与人说自己的想法。

有一个人，半开玩笑地建议他：给市长写信。

给市长写信！"上书"市长？书生的最后稻草似乎也只有"上书"了。他听进去了。

但回来的时候，又是一番怀疑。怀疑而后，是挣扎。挣扎，是沼泽，是深陷其中，是无力的呐喊，也是破釜沉舟。

他没有别的办法。

而所谓的希望，真的就是比彻底放弃好一点。他当初的希望，充满着赌注的成分。

于是，写。

写完之后，快递寄出。收件人那一栏，只写了"王市长收"。

简洁明了。

没想到的是，王市长回信回得很快。

张福贵找市长的签名给我看，市长用的是毛笔。

市长是支持的，市长是重视的。他批示给市文广新局负责。而后文广新局，聚集地方学者一同探讨，拿方案。前后生成二十个课题，致力于挖掘宿迁地方文化。

张福贵的方案，做得细致，有纲有目。坐在小池东听他的这个方案，后来成了我记忆中张福贵最深刻的形象——

他说，总的来讲，就是：一个中心，三线并举。

具体点，以新盛街为中心；以庙街、极乐庵，沿耶稣堂、中山路向南，由钟吾书院到新盛街为一线（西线）；以项王故里、东关渡口，沿马陵一路向北，到新盛街为二线（东线）；最后，以骆马湖、三台山、玻璃厂，到矿山、新盛街为三线（北线）……

这个方案，几乎统合了宿迁境内现有的所有文化资源，是个大手笔。

其中，提到的"庙街"，就是张福贵最初想要为宿迁争取的那个历史街区。

这个历史街区的规划图，据说已经绘制出来了，从网上可以找到。但关于它的争论，却一直没停下来。

争论的点，只在名字，无关紧要的。张福贵只是想把一个历史街区留下来，而拿出一个方案，又不能没有个名字。

张福贵为我憧憬着，在不远的将来——这条文化街区，完全可以称为宿迁文化、苏北文化，甚至江苏文化的新地标。

我在网络上，找到了这张图，并在一本叫作《宿迁老街巷》的书中看到了一张一模一样的图纸。

上面明确要保留下来的一些古代建筑有：极乐庵、校军场、显佑伯行宫、叶家大楼、九华庵、保婴堂后街、灶君庙、天后宫、火神楼、蔡家刻字店、周宅、下街、三官庙、如意庵等等。

张福贵说，后期具体做的时候，他还想把保婴堂给建起来。因为，保婴堂跟他目前写的宿迁人物黄以霖有关。

黄以霖是近代宿迁的名人，官至湖南布政使。黄家在宿迁本地是文化望族，在清朝曾有过三代举人。建国后，又出了两个院士。留下保婴堂，把它做成黄家的历史展览馆，也关系到宿迁文脉。因为宿迁文化世家，本就不多。

除了保婴堂，张福贵还提到了钟吾书院。他也想把钟吾书院建起来。为此，他也下足了功课。据说，所找的材料，已经足足可以写一本钟吾书院志。

还有很多……

他说，宿迁不是没有地方文化，而是太多的地方文化，还没真正地被整理出来。一些近代的历史人物，没人去挖掘。经济挂帅的时代，没有人肯坐下去青灯黄卷地考证、整理。

以前，他觉得宿迁是小城，他也一心想到去大城市发展。后来沉下去搜集、钻研宿迁地方史料，现在有了很大的改观。

现在他认为，每一个地方，都可以出成绩，都可以成就一番事业，没有必要拘泥大城市小城市。在宿迁，他就成为苏州的一个王稼句，扬州的一个韦明华，南京的一个薛冰，不是也挺好的吗。

他就对这个地方熟，就对这个地方的文献收集最全。将来，那些做大学问的大学者们，或者从事地方研究的后辈们，不是也得到他的"小池东"来找找材料啊。越是大的立论，就越需要小的材料去支撑。

再者，现在是网络时代。不是在一个小地方，就会遮住视野，拘泥于小地方。小地方也可以有大视野的。

当然，最重要还是心态。在宿迁，在他的小池东，他有一种踏实的感觉。他再不像过去那样焦虑。他是研究中国上古史的，那一块史料急缺，想出成绩也难。这十几年，把重心转到地方文化研究后，他放松了不少，不再急躁了。

今年，他又做了两个项目：宿迁的玻璃博物馆和宿迁的乡贤馆。他还为一些社区的博物馆提供不少资料。

而且每一个项目，都有署名。他开始以名字的方式，慢慢地出现在这座城市的众多角落里。

他已经与这座城市慢慢地建立着某种牢固的联系。

傅丁本：诗人和他的《记忆新盛街十四首》

　　对于张福贵庙街的方案，傅丁本持保留意见。他考虑得很实际：工程量太大，财政上未必能批出这么多钱。

　　至于自己的方案呢，没有。

　　他在新盛街片区生活过七十年，对这个地方有感情，舍不得。但街上那些经年失修的老房子，已经接近于危房。屋檐下那些细小的裂纹，也早已经在明确地拒绝，或者警告着生活其间的人们。

　　他比谁都知道，哪些老建筑需要修葺，哪些老街道需要改造。

　　只是，修和改，要在原来的基础上。修改的过程，是慢工，是细活，是要耐着性子，最怕是粗暴地一笔抹去，胡乱地重新来过。

　　傅丁本也曾是被计划动迁的一员。他的头顶，也曾是有着一道裂缝的屋檐。他知道其中的滋味。

　　只是需要说的是，他迁出的时间，比眼下这一批要早。

　　早到 2013 年之前。

　　傅丁本说，这个动迁计划的制定和实施，远比我想象中的要成熟。

　　它是分步骤进行的——

　　2013 年是第一批，2017 年是第二批。第一批，是小规模的实验。第二批，才是正式的动迁。2013 年动迁的那一批人家，我没赶上，也没找到相关的照片和相应的文字。

我只在老城的不同角落里遇到了几个迁出的老户。我在他们晦暗的住处，聆听并收集着他们七零八落的记忆。

我还在2013年版的谷歌地球上找到了它的具体位置：北起马陵路南至王祠堂；东起新盛街西到杨祠堂。

这个区域，在四年后的2017年，荒草遍布、杂树丛生、垃圾成堆。而且，在这张地图上，它始终模糊地存在着，毛糙糙的——像中学生作文本上，被透明胶带揭去的那一小段新鲜的疤。

所以，我根本无法想象出它曾经的模样。

我也曾拿这张照片向那些老人求证，得到的回答统一是：太可惜了。

有一个老人说，照片里的这个时候，正是刚刚拆除不久。他提醒我看照片上的日期，说，要是再早一个月，哪怕一个月，又或者是半个月，说不定，你就能看到它最后的面容了。

"要是""哪怕""又或者""说不定"——我们最难把握的终究还是时间——在时间转身之后，留给我们的就只剩下模糊的可能。

相比这些可能、不确定，我后来更感兴趣的是叙述者本身，尤其是他们说起重回故地的感受和捡拾起另一些丢失的记忆的时候。仿佛时间从他们的脚底迅速漫溢过来，他们身如舟苇，我如客，一起漂荡，摇曳，前行。

记忆仿佛春草，故地已是荒野。

春草年年绿，王孙胡不归？

春草年年绿，王孙归去来！

但当你真的再次回来的时候，物非，人非。你唯一可以信赖的，又只有那些"不确定"的记忆了。

傅丁本重回这一片荒野，是在四年之后的 2017 年。

那一天，他以诗人的名义和几个地方文化名人一起，来到 2017 年的新盛街。他们穿街、走巷、驻足、细察、寻古、吟诵，热热闹闹地，用中国旧文人的方式，向古老的新盛街做最后的告别。

他一路重拾散落的记忆，结字成句，串成了十四首七言绝句，名字是：记忆新盛街竹枝词十四首——

一、清洁堂

东向街南一院方，青砖青瓦清洁堂。
可怜多少经霜女，四季寒冬苦未央。

二、周聚源槽坊

古窖古方酿古泉，香飘春瓮下江南。
宿迁多少槽坊酒，金字招牌周聚源。

三、吴九先汪

一泓绿水漾街南，吴九先生结善缘。
夏日儿童裸戏水，砧声新妇浣衣衫。

自注：吴九先江街南有汪，属一孤寡老妇，吴九先生常济之。妇死，以汪赠之，故汪名吴九先生汪，俗称吴九先汪。

四、王家锅厂

工业民初待振兴，王家锅厂应时生。
慈云观后火炉旺，名誉两淮永利成。

五、王祠堂树

门前椿树接苍穹，三百年来绿荫浓。

留给街头闲父老，古今中外笑谈中。

六、城隍行宫

行宫新葺忆从前，父老倾城庆上元。

一宿城隍香火旺，家家好梦盼长圆。

七、灶君庙

灶君古庙喜逢春，修葺一新迓故人。

七十年来桑海事，书声朗朗忆"平民"。

自注：庙址建小学名"平民"

八、三官庙

古庙三间近路旁，神仙驱尽赖红羊。

当年小院焚香处，换取人间花草芳。

九、天后风火墙

大殿俨然天后身，半朝銮驾起祥云。

高墙风火留一壁，好向东南望海滨。

十、火神楼

太平常备水龙头，一响警钟士气道。

救火归来大盘肉，通宵饮醉火神楼。

十一、九华庵碑

街西小巷九华庵，敬奉观音香火繁。

一道残碑出尘土，常留往事在人间。

自注：九华庵已圮，剩庙碑一块，现存博物馆。

十二、张家祠堂

张家宗庙锁斜阳，风雨藓苔蚀古墙。

一片瓦松繁茂处，更无燕子觅雕梁。

十三、王家祠堂

娘娘庙北王祠堂，一入枨门数进房。

漫说三槐无觅处，石基斑驳旧情长。

自注：王氏均为三槐堂，其家祖多行善举，园内植槐三株，语家人，吾家必出三公，后果验，祠堂已建宿舍，仅留大门石基。

十四、云水庵

东下街中云水庵，只收香火不参禅。

我来片瓦无寻处，几幢高楼耸九天。

自注：云水庵在东下街东，解放后，改作东关小学，现已开发建商住楼数栋。

在傅丁本那间堆满旧书的书房里，一扇窗户背阴而开。在很长一段时间里，我们坐在两只老旧的藤椅上，聊着这些诗句。外面疾云游走，屋里的光线时强时弱，像极了鲁迅日记里的"忽昙忽晲"。

《清洁堂》《周聚源槽坊》《吴九先汪》《王家锅厂》《火神楼》《张家祠堂》《王家祠堂》《三官庙》《云水庵》，这九首诗中的所咏之物，现在也都如云水庵中所说的那句，"片瓦无寻处"。它们现在是真正的名存而实亡。

其他五首中，王祠堂的椿树、九华庵的碑、天后宫的风火墙，一如瓷器的碎片、文物仅存的构件，它们只是残缺的伤口。

只有城隍行宫和灶君庙，才是完整的。只是修葺复修葺，淡妆复浓妆。对于一个重回故地寻找记忆的老人而言，它们只是还站在原处，只是还没有完全消失而已。

在原有的记忆模糊之后，它们的模样再次遭到了人为的围剿。

留下的，是不可靠的。没有留下的，也是不可靠的。诗人在写它们的时候，是无力的，只好潺进无关的想象。

十四首诗在排序上，也仿佛人类记忆的一些特点，它们没有现实空间和时间上的秩序感——

清洁堂在新盛街南段，周聚源槽坊在新盛街中段；吴九先生汪在新盛街南段，王家锅厂又回到新盛街中段；王祠堂椿树在新盛街的最北首，城隍行宫和灶君庙在王祠堂椿树西去百米，而三官庙则在王祠堂椿树东面百米……

这十四首诗，不负责记述游人当日的行踪和路线，只和诗人感性的才思和漂浮的记忆有关。我不想把自己的文字写成诗歌评论，我对诗人和他的诗，只能通过文学的方式去猜测——

可能也只有那些感性的才情，才能真正地抓住那些飘忽不定的记忆。

人的记忆，总是抱残守缺般存在着的。而七言绝句的容量，也无法做到面面俱到。从这个角度去来看，记忆新盛街十四首，就是诗人在文字上的抱残守缺。

老郭：与时间对话的古建筑修复者

是手机里的那些照片，让我重新找回了那一日的阳光。

这些照片中的每一张，都有着详细的拍摄信息。

其中一张记录着：

IMG-20181117-161056；ISO（感光度）：64；S（速度）：1/50s；EV（补光）：0；F（光圈）：2.2；焦距：27mm(等效35mm 胶片焦距）。

不仅有阳光，还有时间和拍摄的速度。

我想，这张照片，只要不被删除，它可能会永恒存在。

它们不会腐烂。照片上除了人的名字，时间、地点、人物都明明白白，清清楚楚，不再需要文字来传世。

它们记录下了 2018 年 11 月 17 日发生在新盛街的一段微历史：

一个个头不高的中年男人，正在修补灶君庙背后的那道伤口。

那道伤口，呈"亞"字形，面目狰狞，位置在外墙正中偏西。（其实，内墙一样受损严重：墙壁上的石灰整块脱落，顶起的砖块凸着，像是打出去的拳头一样立体。只是从墙的这一面，你看不到那一面的疼痛。）

和他在一起的——那一道远远地站在他身后，被相机自动模糊掉的影子，是他的妻子，也是他唯一的助手。

他们之间隔着一段长长的空白，我现在已经记不清，也看不清她的面孔、身材和发型。

她的衣服、裤子和鞋子等等，这些带有标识性的、个人色彩的东西，也都已变得模糊不清。

只剩下三团粘连在一起的颜色。

照片之外，我只记得她说话的音色。一种没有特色、缺少识别度的音色，一种在宿迁幸福路街头一抓一大把的音色。

在整个劳动过程中，她叫眼前的这个男人：喂。

遇到不同的情景时，会用不同的语气来强调，却从不肯提及他的名字。

他们交流很少。

语言在面对辽阔的劳作时，是一种荒芜。

他们沉默。

各自做各自的事。

女人用细刷，清理那块伤口。男人晾着臂膀，和上了白灰石灰。

女人放下刷子，打水回来。男人已经把凹进去的残砖全部取了出来。

女人再次拿起细刷清理第二遍的时候，男人的瓦刀上已经挑满了白灰石灰。

女人，男人。毛刷，瓦刀。水，砖。一柔一刚。一细腻，一粗犷。整个劳动，在无声中，和谐而流畅。

等到女人清理完伤口的时候，男人手里的活也已经接近尾声。一块一块取下来的青砖，被分成了两堆。

男人用的砖，都经过女人的眼。一块一块，从女人手里递过来，反复取舍。砖的大小、厚薄、风化程度，在男人的手里，细致地做到与破损的墙砖相当。

要钉水平线时，男人拿木方、水平仪，女人翻钉子、尼龙线。

一道长四十厘米的伤口，和一道长一米的伤口一样，两个人在方寸之地，干戈大动，十八般武艺样样来过。

只有砌墙的时候，女人歇着，因为实在帮不上忙。男人不说话，专心致志地做事，用自己最拿手的技法——"带刀缝"——把黏合剂（纯水泥和纯石灰兑水调和而成）抹在了砖的四面，然后，用手上和腕上的劲儿去贴合，摁压，让缝从旧砖的上方和左边，一点一点均匀地挤出来。

……

补好了洞口，接下来是做缝、压缝、扫缝、修缝。还需要用到水平线，用到折弯的钢筋、细土、笤帚。

唯一用不到的，是他们的声音。

我在翻阅当日的采访记录、听取当日的录音时，发现了两段很长的空白。一段在文字之后，另一段在奔走的时间之后。

录音里出现男人的声音时，照片里的墙洞已经修复完好——

我的声音：我觉得，这手艺会留下来的，会跟着灶君庙一起跨越时间和历史，一百年，两百年，或者更长久地存在着。

而他好像并不为所动。

他的声音：像我这样的小角色，不是小鱼，也不是虾米。甚至，比虾米更微小的生物、微生物，都不是。

他说，他什么也留不下来。

不仅是手艺，还有他所有的劳作、汗水和努力，都留不下来。

劳作，是去人化的。劳作，不需要姓名。劳作的结果，也不会归属于谁。所有的劳作，最终会转化成某件事。人，不再重要。尤其是，像"我这样的小角色"。

他把自己自动归类为"我这样的小角色"。从语气上看，划分时，没有犹豫，卑微而自然。

我咬着虾米、微生物的话头不放。

于是问他，那你觉得你是什么？

他回答是：灰尘，尘土。

一粒融入水中，但也永远不会属于河流的微尘……

我听了心头一颤，有感慨，亦有感伤。感慨是因为，像我们这样出卖体力劳动的人，竟然能说出这样透彻的心悟。伤感是因为，这样的心悟太过透彻——把自己说成微尘，是怎样的一种无可奈何——微尘不属于水，微尘与撒向历史河流的那张网，注定无缘。

可是，没等我多想，多感伤。

他转而又否定掉了自己的答案，说：再或许，什么也不是，连尘土都不是……

极自然，极迅速。

带着强烈的幻灭感。

这种"自我否定式的回答"，很不确定，很不真实。在后来的问答中，出现的次数更多，虽然开始时我并没有注意。

比如，他在讲到自己今生最值得骄傲的事情时，带着自豪的口吻说，南京总统府、徐州云龙山，还有宿迁项王故里、大王庙、道生碱店的修缮工作，他都参与过。

但不等你拍手，他转而又说，当然，这些都是无名之活——

因为，没谁见过，总统府、项王故里、大王庙、道生碱店的门前，哪儿立着块镌刻修缮人员的功德碑；谁也没见过哪儿墙角旮旯处，刻着某某古建筑修缮公司的名字；还有，甚至在文物单位的档案资料上，也没见过哪儿有一册写满年月日的修缮档案详录。尽管这样一份档案，可能很有意义和价值。

一切的一切，犹如风过无痕。

再比如，他详尽地说出这些年来自己的成就时，脸上幸福漫溢。

只有他知道，偌大的总统府，哪些缝，被变动了。那些缝，跟他有关。

只有他知道，哪一方砖，是经过他的手，咬入老墙的旧坯中。

也只有他认得，项王故里的墙壁里面填充的那块碎瓦。

那面站立百年之久的空斗墙，即使外面包围了多少道新墙，被包装得如何华丽，在他眼里，它依然朴素的、透明的。嵌在墙壁里的那块碎瓦片，永远带着他的手温，连接着他的心跳。

可话音刚落，尾音中的喜悦幸福还没消失殆尽，紧接着，他又说——

他是个迟钝的人，当时间和历史，从那些老建筑宽厚的表层，呼啸而过的时候，那些跌落在时间和历史背后的残屑，他根本无法感知得到。他如此渺小，远在百里之外、千里之外，远在苏北大地上的某个小小角落里，无名，无足轻重……

他感受不到……

那些看似拥有的，其实一刻也不曾属于他……

或许，在这个时候，我该问他的名字，我该记下他的名字。

但我没有。

我满脑子都是他"自我否定式的应答"，这是他领悟人生的一种方式。

不得不说的是，我是在决定写下这篇文字的时候才发现，我竟然没记下他的名字的。

我在采访笔记本里，找到了自己的名字。

在录音笔里，找到了负责给他们夫妻俩发工资的人的名字和一些裹挟在对话中的名字：王斯亮，王晓风……

就是没有他和他妻子的。

这一切，如今看来，虽然只是一个巧合，但也极像是一个隐喻——一个"无名"之人，做了一件"无名"之事。

注定，无从提起。

最后，我想起那日的两个画面。这两个画面，在无意中，可能更添"无名之感"。

第一个画面是在那道伤口修复完毕之后，老郭对着那堵完好无损的墙壁，撒上一把黄土。

画面中他的这个举动曾深深地震撼了我：

就那么平淡无奇的动作……腕底微漾……阳光瞬间也斑驳迷离起来……一切仿佛施了魔法一般。那一抹浮在墙面上的新，刹那间，被压下去了几寸。新补的墙洞，前一秒，还嫌突兀、扎眼；后一秒，就变得服帖、安妥。

那一刻，我仿佛看到，水滴落入了水中；然后，迅速隐匿水下……水面，平静如初，如同从未起过波澜……

第二个画面来自那日的街头分别。我站在他们身后，看着他们一步一步走向闹市街心。

他们的身影在我的视线里，一点一点矮下去，矮下去，最后终于被滚滚的人群淹没。先是脸庞，然后是声音、脚步、背影。

当他们消失的一瞬间，我听到，街头鼎沸的人声，瞬间哑去。而他们就那样无声地走着，无声地消失着。

虽然还在同一条路上，我们却彼此消失，相互找寻不见。

我站在原地，从他们身边擦肩而过的人群，一样从我的身边擦肩而过，淹没我的那一批人和淹没他们的那一批人，是同样一批人。这些默默无声的人，在我身边，无声地呼吸，无声地行走，无声地疲倦……

他们的疲倦，无处安放。

他们的到来和离去，无人会记得。

而他和他的妻子，亦如水一样回流到人们中间，成为默默无名的众生一员。

张阿六：渣土承包商与一座城市的 20 年

从某一方面来说，渣土承包商张六，只是这块土地的清道夫。

他不是为了老城改造清理建筑垃圾，而是为了这块土地清洁皮肤。

虽然从实际操作上来看，这可能是同一行为；但从服务的对象上来说，它们显然又是两回事。

意义并不相同。

对于泥土而言，那些平铺着的街道，站立着的建筑，以及几代人创造的文明之和，不过是附着在肌肤上的宿垢。在它们层层的铺盖之下，土地早无健康之色。

他把那些站立的东西一一放倒，然后再把它们一一屠宰分割：让砖归砖，瓦归瓦，木头归木头，钢筋归钢筋，混凝土归混凝土。

最后，再将它们分批次，运往这个城市的不同角落，回到它们应该到的地方去。

……

总之，张六只是在还原这块土地的原来面目而已。

他雇了近百个工人，亲自领队督战。另请了两只壮硕的"油老虎"：KOMATSU 日本小松和 DOOSAN 韩国斗山，兴师动众。

我的手机相册里，还存有它们的威仪。

我的采访笔记里，还记录着工人对它们的爱称：两员虎将。

在新盛街的道路和建筑丛中，它们曾无有敌手，虎虎生风。

它们是张六的左膀右臂。

它们代表着张六的意志。

它们横切，竖伐，奔突，叫嚣，可撼房而动，能揭地而起。

在它们高举着的手臂下，那些看上去高大的楼房，显得那样不堪一击；那些看上去坚硬的水泥路，显得那样绵软无力。

它们是开路的先锋，是排头的兵。

因而，它们居功至伟，待遇最优——按小时计价。另雇一辆5吨小型油罐车，鞍前马后，专项补给供应。

其他的工人，默默劳作，缺少声势。一把憨实的豆粒一样，撒落在这块土地的各个角落里。

他们，在张六这儿，讲的是多劳多得。具体来说，就是按张六的要求，剔砖，揭瓦，拆桁条，并按件计价——

砖，以方论，250块为一方。

瓦，以片论。

建筑桁条，以楼层论。一楼每只桁条的价格是3元，二楼每只5元，三楼、四楼，以此为基数，价格成倍上涨。

张六在新盛街所承包的面积为7万平方米，范围大致是新盛街南北主街以东的所有规划拆迁的区域。在这个区域内，如果一时间上百口人同时劳作，半人深的地基下，一人高的砖堆上，这个起身，那个抬手；这个抓锹，那个垒砖；两台油老虎，在最前方冲锋陷阵，开足马力……屋顶，檐下，街头，巷尾，中心，边界。那绝对是一幅颇为繁忙的景象。

我第一次见到张六时，他就从这繁忙的景象中走来：背着手，抬头挺胸，步子稳当，如同狮王巡视在自己的领地上。

他的眼睛直视前方，面带微笑，嘴里没有长话，全是短句。我记得，在一番简短的寒暄之后，他让我跟在他后面，去看看下街尾端的施工情况。

那里，DOOSAN 韩国斗山正在挖掘泥土之下的地基地梁。

离得很远，但抬眼望去，DOOSAN 韩国斗山是一种不能忽视的存在。无论是它的气势、身形，还是它的动作、声响。

机器轰隆，威震四野。

此时，远近新鲜的泥土，已经成片成片裸露，自带芬芳。

下街，已经名存实亡，已经被彻底清除。那些记忆中尚且温热的往昔图景，已经无法对号落座，已经无法准确地安插在这块土地之上。

张六的步子迈得开。机器的轰隆声，更添其兴奋。他风风火火地走着，要凑近了看泥土之下的"宝贝"，到底长什么样。

那时 DOOSAN 韩国斗山已经把它高高举起。

是道枕梁。

一个结结实实的水泥墩子。

走近了看，才能看到它表面密密麻麻的钢筋头……

不知道，这是不是被张六称为"宝贝"的缘由。但可以肯定的是，这让他眼里放光。

我看见DOOSAN韩国斗山，轻描淡写地把那道枕梁放在脚边，然后顺着它头边一磕。只一瞬间，那些被水泥包裹着的钢筋，如同坚果的果实一样破壳而出。紧接着，DOOSAN韩国斗山再顺势把那些裸露的钢筋压平成团，投到近身的蓝皮货车上。

在DOOSAN韩国斗山完成一系列动作之后，张六闲不下来了。他手舞足蹈，现场指挥，挑肩，招手，对着远处赶来的员工，指着脚下的碎铁烂铜，以及那些被枕梁带出来的铸铁和铁管说：都拾到车上去，都拾到车上去。

肥厚的一只手，在空气里犁来荡去。

歇下来后，他用鞋尖，一点点拨拉着面前的泥土，两只眼直愣愣地盯着地面看。不知过了多长时间，忽地，一弯腰，一起身，顺手带上来一只残碗。

我看见他把碗捏在手里，左看看，右看看。最后，贴着碗身，用拇指指肚篦出一朵淡蓝色的花纹。

是八大的笔法，教科书上的原作。

张六看得出神。远处，工人们脚步粘连，性子慢。但一个个都还老实，肯卖力气。在他的眼前，一小趟，一小趟，来来回回，把自己弄得气喘吁吁，非常忙碌的样子。

只见张六，忽然一抬手，把手里那只残碗重新丢回了泥里。

得再埋个几百年，去去火气。

微波炉专用。

我看见，那白瓷蓝花荧荧一闪，只一瞬间，又被DOOSAN韩国斗山的铁爪埋入泥中。不知道它再次现身，是在多少年之后；不知道再次拿起它的手，追求它的心属于是谁？

也许到那时候，它会受人青睐。也许它还会被人顺手一扔，再次深埋不见。

张六拍了又拍手，不见起尘，指间的泥土还没干。

他说，干这一行，是不能不指望着发外财的，但也不拒绝。一切都在巧与不巧之间。巧了，就过节呗；不巧，日子也照样过。

他说，年前，拆新庄的时候，一个同行，一铲子下去，勾出400多块大洋，白花花的袁大头。苦个把月，够吃几年。年后，另一个同行，拆前大庵。一小伙子，生人，精精神神的，总是一副入行还没入门的样子。可是运气不认资历啊，袁大头不认谁先入行，谁后入行啊。啪嗒，也是一铲子，洋钱、铜钱，哗哗啦啦，一大窝子。

有人说，这事得看地，说得好像有道理。可是，谁知道，哪块云彩有雨没雨呢。总不可能叫工人用筛子一点点筛吧。我的头脑中真的就出现一张天样大、针眼细的筛子。一瞬间，整个天空乌烟瘴气，黑沙如雨，纷纷而下。

张六说，从2000年开始，一上手，他的第一个项目就是宿迁城市的新地标：楚街。第二个，是城西。然后是，城南。再后，八角楼，河滨雄壮河湾，矿山，老农机，鱼市口，东大街。

20 年间，就在旧城、新城，城里、圩外转。而这些地，哪一块，不像是有雨的云彩呢？

可是，愣是一块也没滴过点儿。有一回吧，还触着"雷"，倒了大霉。

他说，那是拆鱼市口的时候，死了两个工人。现在想来，还是脑仁疼。这不是五雷轰顶，是什么？接下来，好一场手忙脚乱，筹亲，借友，卖房，卖地。几年的积蓄一时清空，人也吓得不轻。

对这一行，张六爱不起，也恨不起。出了那档子事之后，怕了吗？怕了。怕了就不干了？没有。一没其他头绪，二没其他手艺。怕了，还要干，而且咬牙干；痛了，还要顶痛，而且泪打肚子里滚。

出事第二年，张六咬牙拆批发市场，再拆国土大楼。连续接了几个项目，提着心吊着胆，才把债还完。

一朝被蛇咬，还得天天陪蛇玩。

可是话说回来，干这一行，要说全是苦水，也不近人情。干一行，怨一行，是人之常言，但决然不是人之常情。爱恨交织，冤家聚头，说不清，道不清。

张六说，这 20 年，吃喝用度，房子住处，孩子学费，都从这一行里刨来的。这 20 年，是宿迁发展最快速的 20 年，变化最大的 20 年。他参与的每一处拆迁，都曾是这座城市的地标。他是这座城市 20 年发展的见证人。

别的行业，打趣我们说：你们，是拆了大家，养我小家。

可这话，能这么说吗？

张六问我，我不知道。

但我的脑海里，浮现这座城市 20 年的发展史，一些建筑消失，另一些建筑拔地而起。一些街道拓宽，另一些街道改道。但无论怎样，都有一个人，他几乎一场不落地追随着，清理着，为这个城市扫尾。

张六说，拆完新盛街，他的下一个项目是乾隆菜场。这是老城人又一座熟悉的地标，它还是由张六清理、扫尾。

这是一种缘分，我说。

在我们最后的交谈中，张六动情地为我讲述了自己的童年和童年里的故乡——顺河集。它早已被拆除。遗憾的是，它由别人清理、扫尾。

他无比怀念那片被别人清理、扫尾的故土。就像另一些人无比怀念，被他清理、扫尾的楚街、批发市场、国土大楼、八角楼、时代广场……

还有，新盛街。

李更新：一个业余考古队员的自我修养

和渣土承包商张阿六一样，老李也是这座城市发展的特殊见证者。

老李说，这座城市的每一次拆迁，都需要考古。考古，才是拆迁最后的那件事。一块拆迁地，只有考完古，抽光它所有的老骨头，才会让它拥抱新生。

张阿六把地上的渣土清理之后，老李和他的队友们就会过来安营扎寨。一前一后，仿佛交接。

老李在四处裸露的泥土上搭起的那只简易棚，有几根竹竿就是张阿六留下的。张阿六手里那只一闪而现、复又消失的瓷片，老李又再次篦出了它漂亮的花纹。

就在这不短的时间里，两只不一样的手抚摸过它，两双不一样的眼睛端详过它。而它让他们产生了相同的激动之后，陷入了相同的失落。

老李会顺着张阿六深挖过的地段，沿着被张阿六抽去的基地和地梁的地方，继续下挖。

几乎是巧合，张六出现过的工地，老李几乎也都到过。当他讲起银座百货、凤凰美地、楚街、八角楼、金港花园的时候，我想着张阿六和他的员工。

但老李不认识张六，老李和张六从未谋面。

接下来说老李——

真正的文物发掘工作，与文物零距离接触，还轮不到老李。

但老李说，你看行驶中的火车，每个轮子都是动的；你再看停下来的火车，每个轮子都是一般大小……我懂他的意思。

火车，是老李前半生见过的最雄伟的事物。他喜欢火车。

他还把自己的工作比作火车头。

尽管更多的时候，作为火车一部分的火车头，更容易让人联想到驾驶室、方向盘、司机，以及那双左右着前行方向和掌控前进速度的手。

再者，出现在宣传语中的"火车头"，指向队伍中的领头人……

而老李，不是领头人。老李，支着耳朵听会，卖着力气做活，是一个小兵。当然了，听会归听会，做活归做活，小兵归小兵，这毫不妨碍他喜欢自己的这个比喻。

他是固执的——

火车头，多雄壮啊，轰隆隆地推进，不可抗拒地，一节一节地碾过来，无法阻挡，气质坚硬，呼啸行进……

老李说，行驶中的火车头，像是开路的先锋。

我能想象出这样的气势如虹的画面：锋利的火车头，如电闪雷鸣般激昂而过。两边的风景和高处的行云在刹那间，如春水被吹皱。

老李也是开路的先锋。他挽着裤管，手持一柄长柄铁锹，同样锋利地冲在繁重劳作的最前面。他是队伍的排头兵。

老李身上有着上上一代中国农民才有的劳动素养，一把铁锹在手：春耕，能开沟、垄亩；夏收，能整场、翻晒；大到能盖高楼，拉三道院墙；小到能院里种园，屋边栽树……老李是上个世纪五六十年代宣传画报上走出来的农民：健康而神采奕奕。

老李有时也戴一顶草帽。当然，也是宣传画中常见的那只草帽。老式的，破旧的，麦秸色的，能搪下半脸荫凉的草帽。

草帽下的他，立在裸露的泥土中间，皮肤黝黑，腰杆挺直，胸前两只口袋，四四方方。口袋上，还有两粒铜色圆扣，铜扣上是两枚造型方正的五角星。五角星立体清晰，线条硬直，闪闪发光。

我曾无数次从远处走向他，无数次被铜纽扣反射过来的光线晃了眼。

和老李在一起的另外几个队友，也是这样的装束。但相比老李，他们的衣服没有那么整洁。上衣口袋上的那两枚铜扣，仿佛蒙了太多尘土一样，颜色暗淡，没有光泽。就像他们给我的印象一样：偏爱沉默，不多言。

我与他们交流少，反复几次才熟记了他们的姓名。他们茶杯里，灌着那种又苦又浓的茶汤，我也无福消受。

他们和老李是一个村子的。那个领头的，其貌不扬的那位，就坐在他们中间。后来，我才知道，他也是他们村的队长。

老李和他的工友们，都是他召集来的。有事，他和上面联系；出事，他和上面交涉。工，记在他的本子上；钱，从他手里发。

中午吃饭的时候，十几张嘴都偎着他；晚上放工的时候，几十只眼睛也都齐齐望着他。

我对这个队长，有点印象。他耳朵上始终架着一截白色的香烟。他个子不高，脸有点肥。老李他们做活的时候，他也不闲着。

有一次，他走了过来，问老李干这一行，干多少年了？

当时，老李满脸堆笑，在他面前，把十个手指头从左到右，从右到左，掰了一遍又一遍。最后，把自己都掰糊涂了。

我看清了老李掰手指的整个动作，二十年左右。只是现在回想起来，把注意点放在队长身上——队长当时只是拍了一下老李的肩膀，一笑而过。他是放松的，随意的，并不真正地关心老李的工龄。而相比老李嘴里的答案，他更喜欢老李在他面前的局促。

那个时候的老李，笨拙，手脚无措，锋利不在，像是缓慢停下来的火车头，咔，嚓，咔，嚓，吞吞吐吐。

我不喜欢这样的老李。整个人，滞、涩、塞、钝，没有之前的风采，像一只生锈的火车头。

老李做这一行的确有二十年之久。

一份工作，干了二十年。农忙时回家，农闲时复工。青丝白发，朝朝暮暮。不再说爱，也不再有所抱怨。拿起一把铁锹，无论在哪里出现，都会无意间摆成一个熟悉的姿势。

重复的劳动，磨着重复的激情，会让整个人的状态，变得像冬日的井水——外面无论怎么样，内心总是温暾的。

于是老李辩解地说，其实他在队长的面前，从没有不自在过，只有温暾，温暾——那意思是，他掐着手指头扭捏着几乎全程做作的外表里，藏着另一番风景：无风无雨，没有一丝波澜……

他说得认真且平静，但我无法想象。不过，我确实喜欢这两种反差，极鲜活，极微妙，透着一种小人物的狡黠和一个底层人物的生存智慧。

平时，老李对我说话的时候，调子从来都是平的，眼睛木木的。只有讲到自己的工作见闻时，才故意渲染，刻意强调。口才非常好，好到让我相信他在队长面前的表现，是在糊弄队长，捉弄自己的上司……当然，也可能是他故意投队长所好……他比我大四十岁，人生经验比我丰富得多，我有理由相信他。

老李的朋友说，到了老李这样的年纪，早就把自己修炼成——一个放在陌生的人群中，一秒钟就能准确找到自己位置的人。

但老李给我讲的那些故事，真的让我很着迷。这些故事就发生在新盛街，发生在脚下的这片泥土下，发生在眼前的这一个具体的泥坑里。时间上呢，又在不远的昨天或者今天的上午。

故事是新鲜的，散发着新鲜的泥土气息。

那时候的老李，看似随意一指，随口一说，其实还是讲究叙述技巧的。他总是现身说法，在每一次激动人心的时刻，每一个紧要的关头，"我"都在场——"我看见""我上前""我一铲子下去""我大声地说道，且慢！"。

他的手上有手势，脚上还有动作。身体刹那间，像是抽了骨头一样拧着。与此同时，他对面还有一个登时屏住呼吸、纹丝不动、不敢越雷池一步的，纯靠想象建构的虚拟空间与虚拟人物……

总之，神采不输宿迁大鼓名角刘汉飞。

——

好乖乖！

是一只镶金的象牙簪子！

是一件极其珍贵的文物！

一件价值连城的文物啊！

轻音的"一只"，悄然变成了"一件"；重音的"簪子"，也炸裂成了"文物"。

从一只镶金的象牙簪子，升值为一件价值连城的文物，也只用了一句话的时间。刘汉飞说，宿迁大鼓讲究一个"扣"字，把人瞬间"扣"住。那时老李就把我"扣"了。

簪子大小多长，色泽如何，老李如何眼疾手快，不对，是眼疾嘴快地拯救了它。它深埋地下，一朝重现。在与土分离的那一刻，是如何出淤泥不染。自行与土分离，身上的亮度如何乍现，老李如何抓住、捕捉，甚至感应，心里咯噔。

老李相信缘分，万事万物都有着千丝万缕的联系。他聪明而及时地抛出缘分说和感应说，让这只簪子与自己产生一种神秘的牢不可破的联系；继续强化和突出，是他的拯救，他在千钧一发之际的感应，才让一件珍贵的文物躲过一劫。

老李总结说——

是有着二十年考古经验的他在千钧一发之际眼疾嘴快地拯救了它。

是一个虽处于边缘，但一直忠于本职，又不失专业的他眼疾嘴快地拯救了它。

这拯救里，有神秘的感应，还有专业的素养。你可以不信神秘的感应，你不能不信他二十年的老到的经验。而他拯救一件文物的大前提是真，他有着二十年老道经验的小前提也是真，你又不能不相信他与这只簪子有着某种神秘的感应。

二十年的职业生涯，老李拯救过很多文物。它们中的有一些，据说正躺在宿迁市博物馆和南京博物院的展览柜上。灯光、简介、专柜、文化装饰，它们的外表被照亮，意义被附加，驻足的游人适时送来欣赏、赞叹。

但它们的故事却属于"热爱火车头"的老李。老李拯救了它们，没有收到任何物质奖励。它们只是在交出去之后把自己的故事版权无偿地献给了老李。它们在卷着裤管、扛着铁锹的老李嘴中，反复而持久地演绎。自由而鲜活，神秘而魅力无穷。

第三章

街巷掠影

新盛街：人去，椿犹在

一

椿在给人看她腐烂的骨头。

黑黪黪的骨头，虫洞密布，松如鳞屑，触手即碎。

她的身子，已经无力再支撑，开始向后倾斜。外翻的皮囊，如饱满的唇，向后收缩，又如一只渐渐无力握紧的苍老的手。

衣带渐宽。

我担心她，最后，"轰"的一声，一把，落空。

骨碎如泥。

空空如也。

那段时间里，她伸向南方的枝干，已经开始自行脱落。

整棵树，在阳光独好的位置，一枝连着一枝，脱落。像一枚枚划开的火柴棒那样——火一点一点燃尽，然后，火柴头，静静地，一个接着一个，自行折下。

折下的枝干，没有一片叶子，没有一寸包裹着的皮囊。在视觉上，也没有疼痛感，没留下任何疤痕。只是光秃秃，黑黪黪的一小段，或一大截。

那些掉下来的部分，表面上看，还是壮壮实实的，很有些分量的模样。可一旦拿在了手里，却很轻，很轻，像吊了一季的老丝瓜。

她的骨头，早已瓤尽。

这样的朽木，不出火。弄回去，不能当柴烧。它最大的用途，是引火生炉子。我曾在新盛街的一间破落的房屋里，见到一只破落的煤炉，它通身绿黑两色，单眼，奥运牌的，商标是奥运五环。煤炉的炉身，腐蚀严重，正面的位置开了一个不小的窟窿，但没有影响上方白色的字迹：保持室内空气流通，新型高效节煤炉。

新盛街人家生火做饭，用的就是这样的煤炉。生炉子的时候，先放一块假炭，然后，在假炭之上点燃引火的朽木，朽木燃烧，缓放柴火，柴火出火，放生炭。生炭放好，余下的时间，是等待。

等柴火燃尽，朽木成灰，生炭红熟。

二

但这个时候的新盛街，已经少有人家生火引炉子了。不是没有可以生火的炉子，也不是缺少柴火，而是少有人家。

炉内无火，炉上无水壶。一家子的声响和生气，不知道现在在哪儿，响起来，生起来。

人家，正在撤离。整个新盛街，正在经历着一场大退潮。

先前吃水最重的边缘，比如，街道两侧，巷子的一头一尾处，已经狼藉一片。

一条条巷子，像一只只进了风的袖子那样，鼓鼓囊囊，又空空荡荡。它们的背后的人家正在倒塌，没有人家的支撑，两道墙在阳光下，显得单薄无比，有风的时候，似乎能看到，线条在阳光下，扭曲，摆动。

阳光开始无孔不入，成片成片的，泛滥无忌。巷子从尾部开裂，尽头的房屋一点一点消失，巨大的缺口和细小的裂痕同在。

一栋栋建筑，像一块块拧去水分的抹布那样，皱巴巴的，污迹斑斑的。院子里的草，忽然，就大摇大摆起来，招摇起来，架势上都有点欺负人了。

它们在明目张胆地，为蚊虫、老鼠开拓疆界；在明目张胆地藏污纳垢；在明目张胆地一点一点地模糊掉，老建筑中残留着的人类那最后一点气息。

一扇扇门，不再垂锁了。新旧的钥匙，扔了一地。门里的门，也没有垂锁的必要。因为门里的桌椅、沙发、床铺、被褥、电器、祖宗的遗像，都已经带走。房屋已被掏空，成了一个个空壳。

那些老旧的桌凳，颜色暗淡，四角抹平。沙发和木床，看上去庞大沉重，其实，早已腐朽。沙发和木床底下，均匀地布满了细碎的尘屑，一汪尘屑。当它们被抬起的时候，身体里更多的尘屑，则摇摇晃晃，如水滴坠。

三

当南面的枝叶已经脱落干净，树身的三分之二已经烂掉的时候，肖元龙签下了椿的养护合同。

虽然在此之前，椿已经得到了及时有效的抢救，面北的方向还竖起了支架，但她袒露的伤洞、倾斜的身体，仍令人担忧。

她虽然比之前要健康得多，无生命之忧，但外表上看，在有了支架之后，却更像一个奄奄一息的病人了。

肖元龙要做的事情很多。

第一件事，是继续刮骨疗伤，去腐。他要把椿树表层蓬松的烂木刮平。刮平，不是刮净。他个人的想法，是要最大限度地保留椿树的原状，保留她原有的粗度。

第二件事，是灌桐油，防腐。桐油，是熟桐油，一点一点灌，让它腐烂的骨头和未脱落的已腐朽的枝干，彻底地吃透。这是个体力活，他一共灌了7.5公斤。

最后，是重新做支架。对于这株椿树，肖元龙有自己的方案和想法。他给椿做了箍，立一根立杆，又立了一根个人字形支架，把北面的鲜活的枝干箍起来，让它身体，往北边倒的同时，还能给那些鲜活的枝干更高的天空。

他对我说，这里的工作原理是这样的：一片根养一片叶子，一片叶子反哺一片根。根把地下的水和养分传给相应的叶子，供空中的叶子在空中生长，舒展。然后，叶子吸收光和空气中的养分，再通过皮层传给相应的根，供根在地下生长，舒展。

根和叶子的关系，是双向供给，循环往复。如果你看到上面的一片叶子萎缩、死去、腐烂，那么相应的根也必然是萎缩的、死去的、腐烂的。治病救人，讲望闻问切；治病救树，只有"望"一条，她开不了口，也切不到脉。其实，也不用她张口，她简单着呢，所有的病症都在面上。

所以，他尽量让椿树的根向北舒展开来。他相信，当椿树面北的根充分舒展，保持活力，那么面北的皮组织，也再次充满活力。那些健康的皮组织，将充分地舒展，从两边包抄过来，然后，会合，咬紧，融而为一。

他像是一位自信的医生，对我说出椿树的病因、症状、治疗方案、预期疗效、病愈状态。

他一针见血地指出，椿树东面和南边的皮组织腐烂，是因为她的东面是地下管道，南边是墙基。树的主干，到东面的地下管道只有五十厘米。她面东的根，根本舒展不过来。根既然伸展不过来，那么，她吸收的养分，就不够顶端叶子的工作。

肖元龙"断"得准确。他相信自己的理论，并相信自己由理论支撑起来的养护方案。

四

那些从新盛街搬出的一件件老家具，如今，被安放在这个城市的另外一间间房子里。坏了的板凳，可能已经被扔掉了几只；残缺的，可能正经历着一番修补。但剩余的，依旧会和那张吃透了油渍、霉斑的实木方桌放在一起。沙发和床，只要外表没什么明显的破洞，看上去无伤大雅，说不定，还会摆放在从前的方位上。那些和它们配套的，如电视柜、书橱、墙饰，也会被最大限度地复制和还原，找回它们从前的秩序。

无论那些老家具被安置在这个城市什么地方，它们，都将在原有秩序的巨大惯性中，被重新复制和还原。

它们，也终将被这样一种陈旧的生活，再一次陈旧地支配着。

它们的骨子，虽然已经腐败，但在那间新房子里，在那一幅新皮囊里，它们依旧像从前那样被使用，被需要。它们，依旧生机无限；它们，依旧自由地散发着过去的、陈旧的气息。

在那里，很多东西早已用得顺手了，很多记忆经过多年的反复的重复，早已成为条件反射；很多味道经过多年的尝习，早已被私人定义，被固执占有。

那个家庭主妇，无论身在何处，无论给她怎样的炊具，她总能在菜市场和厨房找到属于这个家的味道。毛豆习惯了煮，它们便不会以豆粒的形式出现在这家的餐桌上。相同的，鲫鱼习惯了炖汤，花生习惯了油炸，便不会以红烧、盐水的形式出现。

在这家的生活中，芹菜可能早已习惯了豆干，青椒可能早已习惯了土豆丝，蒜泥可能早已习惯了茄丝，豆腐可能早已习惯了丝瓜。

那个孤宿的老人，无论她从这个城市的哪一间房子里醒来，她的早晨，早已被上一个早晨重复，洗衣服，散步，晨练，吃早点，早已程序化排开。她的手习惯了肥皂，便不会被洒上洗手液；她的脚步习惯了老街巷，四肢习惯了老动作，肠胃习惯了豆浆煎饼，她便不会在这个早晨踏入其他的地界，做其他的动作，拿包子稀饭充饥。

在她的生活里，衣柜早已习惯了樟脑丸的存在，裤兜早已习惯了手绢的存在，手绢早已习惯了纸币的存在，纸币早已习惯了蜷缩着存在。

这些人和那些家具一样，虽然拥有着新的皮囊，但新皮囊里的生活和秩序，还是从前的模样。这些老旧的生活，被重新包裹着。一些老旧的东西消失了，另一些被留下了。人们，则以抱残守缺的方式，继续着自己的日子。

五

同样以抱残守缺的方式，继续自己的日子的，还有这株椿树。在今后很长时间里，她将保持现在的模样。

在肖元龙的养护之下，椿，将会有新皮囊。健康的皮组织，将一点一点把这根腐骨封存，隐匿。

到那时，肖元龙要做的是另一件事，给椿安装一些假骨头。

由于前期的治疗过程中，某些地方的老骨头腐败严重，被剔除得太多，以至于整棵树的粗细比例严重失调。

为了还原椿树原有的面貌，保持树身上下的粗细均匀，为了她内在的骨头能撑起新长的皮肉，也为了她自身的安全，她缺失的部分，将会被实物填充，诸如水泥砂浆、沥青混合物、泡沫胶、木炭、塑料、方砖、木砖、木块、橡皮砖之类的。

水泥砂浆，就是盖房子和的泥灰。这是最传统、最常见的填充物，取材便利，操作简便，经济实惠。将水泥、净砂、石子、水，按着一定的比例充分搅拌均匀即可使用。

沥青混合物，是将沥青加热成汤，然后混入锯末、木屑或者细小木块、刨花，冷却后，制成的面糊颗粒状混合物。

泡沫胶，是近年来流行的填充物。它能与树身充分贴合，而且自身结构稳定，阻水、抗腐性能尤好，备受时下青睐。

木炭、塑料、方砖、木砖、木块、橡皮砖不如前面几样的效果好，但必要的时候，也不排除使用。

这些填充物将和那根腐烂的骨头共在，它们将被新的皮囊紧紧包裹，亲密无间。那根凸凹不平、粗细不均的骨头上，将被填充、砌严、均匀涂抹。那些填充物，将拥有这棵古树相同的地位和荣耀，成为人们膜拜和瞻仰的一部分。

在这棵椿树上，那些填充物会成为这棵树的一部分，甚至不可或缺的一部分。有了它们，椿树的树身牢固，不被风折；有了它们，椿树容颜依旧，风采不减。但它们终究成为不了一根货真价实的骨头。

对于这棵拥有240岁树龄的椿树而言，那些腐烂的骨头，要么永远以腐烂的模样存在，要么腐烂殆尽。人为掺入的东西，将永远不会被她接受，不会长成骨头的模样。

六

从某种观点上来看，那些如今在这个城市的另一间房屋里醒来的老新盛街人，以及他们依然鲜活却又早已过得陈旧的生活，其实也如椿的残渣、腐屑。

等同于，那些已经被剔除的部分。

旧的新盛街，在某些人的某些观点里，应该早如那棵骨头腐烂的椿树：疾至骨髓，岌岌可危。

那些淹没在红砖红瓦中的晚清老建筑，总是毫无掩饰地，把自己的伤口展露给你看：日益破败的房顶，模糊不辨的水滴纹饰，残缺不全的青瓦，掉渣坠屑的椽子房梁，还有修补痕迹明显的墙面。

很多老建筑，腰身佝偻，形体变形，已经拒绝人类的亲近、靠近。有些甚至早早地钉上了警示牌，醒目地写着：危房！请勿靠近。

那些紧密包裹在老建筑四周的红砖红瓦新式建筑，也不光鲜，在运河的风里，它们早已被吹旧：水泥墙面已经开始皲裂起皮，墙体广告已经大块脱落，屋内壁画陈旧泛黄，门帘网布一碰就碎，门灯灯座空洞如伤，灯泡电线丢失不见。

很多刚建没几年的新建筑，已经灰头土脸，疲态毕现。她们身处一片老建筑之中，在建造之初就畏手畏脚，蜷缩，压抑。门脸，建得低矮；窗户，做得粗陋。人从门下过，会不由得猫身，缩颈，抬手遮头。

你从新盛街的上空看，那一栋栋敞开的红灰交杂的建筑，一条条空荡连缀的水泥小巷，一道道宽阔交叉的街道，跟那棵椿树腐败了的骨头何其相似——

那些排列紧凑的红砖红瓦，一如附着在树身的腐败物。

那些曲折小巷、平坦街道，一如混入大量空气的蓬松腐化的洞孔。它们表面暗沉，如蜂巢蚁穴，紧密交织，蓬松易摧。

那些残缺不全，被挤压、包裹、侵占的老建筑，则是新盛街的那根腐烂的骨头。她羸弱，病态，瘦如柴火，已经奄奄一息。

那些游离在建筑的边缘，游走在小巷以及街道中的人们和人们的生活，毫无疑问，是致使并加速这根骨头腐败的罪魁祸首。

……

你把新盛街缩小，它就是椿树现在的模样。反过来，你把现在的椿树放大，它就是新盛街那个时候的模样。

它们互为本体和喻体。

七

新盛街将有自己的新皮囊，它将被重建或重新复制。

建成之后的效果图已经在网上公布：广场、购物商店、娱乐设施、绿化、地灯、道路、地面、指示牌……在不远的将来，它将变成一个景点，成为很多人，本地人、外地人观光的所在。

那些老建筑，将被重新装扮。内部重新整修，外面粉饰一新。它们将在一片现代的灯光中，一片现代的音乐中，一片修剪整齐的绿化树背景中，迎宾待客。

它们不再是这里的主人，更多的是迎宾待客的道具。

新的新盛街，不是老建筑的博物馆，而是新建筑的化装舞会。

这里将五颜六色，耳目一新。人们来到这里看到的将是一种油漆浅薄的新亮，油漆的味道将长久地弥漫在这块土地上。

他们在这里，将坐在千篇一律的饭馆里，住在千篇一律的宾馆里，宾馆的白色床单，在有阳光的日子里，将会像其他城市的任何宾馆一样，大块大块贪婪泛滥地出现。

这里将有很多人出现，来来往往，熙熙攘攘，人们会驻足，流连忘返，但都会无一例外地被拒绝在这里栖身，生活。

旅游、休闲、娱乐、盈利，将成为它的主题和使命；历史、文化、老建筑，将成为一种宣传的文字，成为旅游、休闲、娱乐、盈利的招徕。

人们会简单地复制那些青色，青砖、青瓦、青石色的地面。廉价的青色，将成为这里的主色调，青色将从老建筑的周围开始蔓延，流淌，一片，两片，三四片，汪洋肆意。

它将光鲜靓丽。

它将灯火通明。

它将越来越知名、闻名，被太多人关顾、问候、游赏。

同时它也将隐匿。

在光鲜亮丽中隐匿。

在灯火通明处隐匿。

在自己日益响亮的名字里隐匿。

在人的关顾、问候、游赏中隐匿。

随着时间的汹涌流逝，只有少数的人，还记得它过去的模样，知道它穿过历史，一脸沧桑的模样。

在它粉饰一新的新装下，只有少数人知道它骨头里的腐朽模样和味道。

就像这株椿树。

它新皮囊里的腐骨，那些最有年代感的部分，终将属于少部分人。太多人，只会廉价地给出赞叹、喜爱。

东下街：它的名字，是它最后的墓志铭

一

2017 年 10 月的一个早晨，一个老人曾企图用自己的记忆，把我眼前的那些残砖剩瓦，重新变回房子。

他想让房子上有梁，梁上有脊，脊上有瓦，瓦下有方正的院子。

他想让院子里，重新住上人。三口、四口、六口、八口，热闹闹的一大家子。他们在自己的院子里走动，在他的屋檐下、记忆里，生动，鲜活。

半大的孩子，生猛如昔。

老成的后生，平凡如昨。

在我面前，他摊开了自己苍老的左手，然后用同样苍老的右手，依次数落着那五个长短不一的手指头。大拇指，食指，中指，无名指，小拇指。数完了，然后再倒回去，从小指回到大拇指。

他一个一个数着，嘴里相应地蹦出一个个人的名字。

那是一串热闹的名字，有男有女，有老有幼。他表情生动，熟悉每个名字，以及每个名字背后的每一段鲜活的故事。

他们是他的过去，他的记忆被他们滋润着。

现在只剩下他了。

他反刍着记忆，孤独地坐在自家的门楼下，陪伴他的是身后那幢毫发无损的老宅和老院子。而那些名字的所有者，则像一串断了线的珠宝一样，散落开来，叮咚有声，不明下落。

他数完了最后一个名字，眼里已经没有了光泽和灵动。两只眼架在鼻梁上，像是两窝被掏空的鸟巢。

天空很蓝，鸟巢很荒。

过了很久，他才把自己的目光重新拽了回来，回到自己的院子里。

那是一座很深的院子——左右盖了四大间偏屋，两两相对，各不相依。阳光从侧面来，地面上能看到一节一节的光亮。这显得老人的院子，根本不像是院子，而像是幽暗而细长过道。

再后来，我和老人开始断断续续地谈话时，有一个中年的妇人，来回穿梭在那"过道"中，取米，淘米，择菜，洗菜，炒菜。

她让那灰色，空冷的地方，忽然有了日子的声响，有了饭菜的香气，以及家的生气。生生不息的生命之气。

于是，我再次听见，那寻常的，又无比熟悉，动人的声音：

米从米缸里舀出来的声音，米落入电饭煲内胆的声音，自来水浸入了米中的声音，手搅在水里的声音，米搅在水里的声音，米流动着的声音，米剐蹭的声音，板凳摩擦地面的声音，手掰菜根的声音，手取刀板的声音，手切菜的声音，油进水的声音，锅铲炝锅的声音，装盘的声音……

声音，是连续的，完整的，饱满的，温热的，鲜活的。一声声，一节节，敲击着日子的骨节。

在这声音里，桌椅、板凳、碗、筷，一一就位。

日子，又活了。

妇人，最后一次从"过道"里走出来的时候，腰弓着，双手下沉，背对着我们，她一步一步地后退，后退，鞋底和洗衣桶一前一后，磨着地面，发出连续的又沉闷的声响。

她经过我们的时候，我看清了那张被日子咬伤，带着补丁的洗衣桶，那里面满是湿漉漉的刚洗完的衣服。

她很倔强，一步一退，保持姿势，一直退到外面的晾绳边，才停了下来，直了直腰。

那时，我看到外面，阳光肆意，无遮无拦。

二

在下街，三官庙的对面，我还见到另外两个老人。

他们还没撤离。

一个倚在自家破败的木门上，头顶上方，是一副早已脱色脱字的春联。

我已经很久没见过那样的木门了——黑漆，铜扣，长长窄窄的一对，门的底部，还有门槛槽和青石做的海窝。

海窝，圆润、光滑，开门、关门时，还会传来一阵旧旧的惹人心乱的吱呀声。

老人的身后，是座不深的院子。水泥地坪，无花无草。院子的左右是房屋，后面还是房屋。每一间房屋里，都弥漫着轻微的酸腐味和霉味。

很熟悉，也很温馨的味道：是我记忆里的所谓的家的味道，旧日的味道。

它让我一下子就想起了故去多年的曾祖母。

老人很热情。

领我进堂屋，给喝的，给吃的。这儿抓一把枣儿，那儿抓一把葡萄干，还有牛奶、饼干、巧克力、桃酥、袋装的法式面包。

她喜欢年轻人，满屋子都是她的笑声。举手投足间，尽是旧时的不变的长者的慈爱。

另一个老人，是她的邻居，年岁比她还长。他坐在自家的院子里，一动不动，常常是一坐就是一上午。

他看上去很怪，不容易接近。但讲起话来，却很动情。

和他坐在一起，时常让我觉得，时间对于他而言，不是金钱，不是生命，而是日子的仆人，阳光的仆人。

在日子和阳光里，他主宰者一切，家，屋子，箩筐，水缸，厨房，门楼，土，路，远方和日常，他闭着眼，胡须翘着，早已忘记了时间为何物。

他就坐在那里，时间正在他的身旁老去，凋零，腐败，如春红秋草。

他开口了。

说，他活过了那些坚硬的，牢固的，看上去可以活个一百年、二百年的建筑。活过了那些高大的，旺盛的，看上去可以活个二百年、三百年的树木。

在他眼前，一条活了三百年、四百年，尽管破败，但依然健康的下街，忽然寿终正寝，残尸不全。而那上面曾走过他的壮年、青年、幼年，曾走过他受尽世间苦、世间罪的母亲。

他的母亲在晚年，一天天站在街口，等待着她高大英俊、拈花惹草的丈夫。

黄昏凄冷，西风吹发，她一个人，天天拖着长长的浓稠的影子步入黑夜。

父亲没有回来，同街消失的还有一个女人。他们没有退路地私奔了。

而母亲却一直在他离开的地方，等待，张望，直到死去。

他现在，不敢出门。最怕见到那些空旷的人家和倒塌的房屋，见到那些砖瓦堵住了街道，街口，见到那些熟悉的一切被删改得乱七八糟。

他想用"不见"的方式，跳出时间和机械的围攻。他愿意把自己搁浅，从此不再追逐时间，任时间呼啸奔走。

他动情地对我说，只要不出门，眼一闭，还是从前的样子。门不关，夕阳会来，母亲会在半夜悄无声息地回家。

他心里的下街，是有人的下街：

早起贩菜的人，开店的人，做早点的人，上学的人，遛弯的人，下夜班的人，远途归家的人，探亲的人，买菜的人，走街串巷卖零嘴的人，吵架拌嘴的人，相互扶携的人，前后跟随的人，左右并行的人……

一个人推着独轮车从上面过，两个人抬着井水晃晃悠悠地过，三个人追逐调笑，四个人抬着花轿，五个人扶老携幼。

还有，一群人骑着自行车、电动车、摩托车从上面过，一群人赶着马、羊、驴子从上面过。

他的逻辑是，街是由人和人家组成的。有人，才有街。

街，只是器；人，才是物。街，只是虚；人，才是实。一条没有人、没有人生活的下街，只是空虚的器皿和虚无的存在。

"那不能称之为街。"

他说，人有人路，羊有羊道，鼠有鼠迹。路，是给人走的。人不走的路，自然就荒了。草遮了，虫封了。一条路要时时走，它才会变成街。就像日子，要天天过，才能成为生活。

人不走路了，路呢，便是亡了。

三

告别老人，我再次立在街上，最不敢看的是那些窗户，那些曾经作为房屋最有魅力的部分，此时，却仿佛被剜去眼球的伤孔，空洞得骇人。

它们一面巡视着你，打量着你，一面保持着原有的姿势，远眺或俯视，向街心、街角张望。像是一个等待。

它们等的，当然不是我。但我还是走进了一扇门。

门里是一个方正的院子，一间狭小的偏房，堂屋正中的门楣上，贴着一方红纸，写着"温馨之家"。东侧是一座"S"

形的外用楼梯。

此时，房屋的女主人，抱着一个不大的绵纸箱，正从楼上下来。男主人，双臂大展，紧随其后，双手箍着一扇半人高半人宽的实木窗户。

他身材不高，五十多岁。在此之前，他已经把二楼肢解了成门、窗户、窗帘、柜子，并把它们一一搬下楼梯，摆放在院子中央。

在他快要走到地面的时候，我上去帮忙接住。

他没拒绝。

随后，他一面吩咐我把手里的窗户放在院子里，一面督促妻子把偏屋里的三轮车推出来。

他很友好，也健谈。他对我说，这是这个家最后的一点东西了。堂屋和偏屋的，上个月已经搬进了城外的新居。

那是一套八十平米的小两室。一间放了床，另一间原打算还放床的，但当客厅、卫生间，甚至厨房都被摆放得满满当当的时候，他只能决定把那张床立起来，贴着墙站。

总之，买的新房，仿佛不是给人住的，而是为了储藏那些旧物一样。

而那些旧物中，大多数是些旧得不能再旧的东西，比如广播、收音机、唱片机、黑白电视，没有什么实用价值，只是纯粹留个念想。

"原先房子大，念旧心又重，一个个坏了，淘汰了，舍不得扔，就找来绵纸箱子，找个干燥的地方，放好，藏好。"

一开始他也不知道收了多少东西，房子大，装得下，没有概念。

"现在房子小了，住新房了，才真正知道它们的分量。"

他指着院子里的东西说，这些东西，原是不要的，家里太多，放不下，但过去同住一檐的母亲，不知道怎么了，一天晚上忽然念叨起来，非要这窗户。

他说不好取，她说不她管。

"非得要，小孩脾气一样拧着，叫人哭笑不得。"

他说，他母亲，老小孩一个，能折腾，尤其是搬了新家之后，更不安生。原本还想和他们一起住，但他买的是四楼，老人家爬了两趟楼梯之后，怕了，主动要求，住地下车库。车库六十平米，不通风，也不宽敞。放了一张床、两个柜子、一张桌子之后，连转个身的地方都没有。但她还是觉得少了什么，整天唠唠叨叨，觉得空荡荡的。

少了什么？想不起来，却又念叨。直到昨天想起了楼上的这扇窗户。

四

我顺着他的手势，开始重新打量那扇窗户：宽大，厚实，颜色和重量一样沉，造型雅致，尤其是中心的"万"字窗棂和边角的梅花形三角生铁。

它让我眼前一亮，的确是好东西。站在院子中，对着它，我开始想象它被重新组装起来的模样。

我想象，在昏暗的车库专门给它开一个窗洞的可能性。

想象那男主人用最笨拙的方式，刀砍斧凿，把墙体凿得颤颤巍巍，把楼上楼下的新邻居凿得慌慌张张。

这是扇大窗，得凿个小半天吧。

而这小半天注定是一个人心惶惶的小半天。

在男主人开始浅凿深凿的时候，一定会有人站出来制止的。而且，理亏的，看上去十分友好温顺的男主人，也一定会选择放弃的——

第一初来乍到，得罪了人可不好；第二，我第一次见到他，就觉得他是一个听得进劝的人。

那怎么来处置这扇窗更合理？

我觉得最好是挂起来，像挂一件普通的饰物一样。这样既不影响邻里，又能让老太太安心。一举两得。

它挂的位置，最好是中心偏右。正中，太冲，不好看。偏一点，就自然一些，也美观一些。而且，放的时候，上不触顶，下不触地，上下都要留够空间，才好看。

最佳的距离是：下面离地的空间是上面离顶的两倍到三倍。

它被挂在那里。有了它，封闭的车库像个家了。谁家能没有窗户呢？

顺着窗户，我还想起那些日常必需的电器，柜子、桌椅、碗筷，想它们在另一个空间里的方位、顺序，想打开它们、使用它们的手。

还想到了那些鞋子，它们是不是还收在之前的那个鞋柜里。那张旧地毯是不是还铺在门前，那挂历、盆栽是不是还在门口。

这些老物件，将照亮那一片陌生的空间，让那陌生的建筑跟房主产生点联系，让它有了家的气息和味道。

它们将连接过去和现在，使得生活不至于那么突兀。

有一瞬间，我忽然觉得这窗户和那些老旧的物件，是幸运的。它们在以后的日子里，仍然被需要着，而且如此重要。

这也是个念想吧。我对着男主人说。

他没听见，弯下腰把那柜子，放入三轮车车厢，然后，把那扇实木的窗户覆盖其上。他用手稳了稳，最后，把地上的绳子捡起来，分成四股，车尾两股，左右两股，交叉绑成"井"字。

他一只脚顶着车身，双手拉着绳，身子向后，纵一下，再纵一下。他拍拍车身，绳子紧绷绷地勒在窗户上。

他的妻子抬步上车，转动车钥匙，我和他紧随其后，头也不回地离开了那扇门。

五

在下街最后日子里，充斥着太多头也不回的离别。人们带走了所有，想带走的，能带走的。

那些建筑，很快倒下，被肢解成砖瓦、石子、石块、木头、铁钉、铁板、芦席、草绳和水泥。随意丢弃，一文不值。

那些拆楼机、挖掘机、拉砖的柴动三轮车，纵横开拓，叫嚣跋扈，它们一面紧张迫切地围剿残余，一面强行踩出一条条崭新的路。

一条条崭新的路在下街裸露的肌体上、老建筑的尸体上生成，横着，竖着，斜着。相互交叉，重合。彼此认可，排斥。

这些路有深有浅，有宽有窄。命运也不尽相同，有的朝生暮死，甚至即生即死，很快被人忘记；有的则生命力顽强，渐渐宽绰、畅通。它们横在街上，醒目，深刻，像是一把把斩断绳索上的快刀。

它们渐渐地模糊掉了下街最初的路线和细节。

它们不断地延伸，分权，野蛮生长，顽强地侵蚀和修改掉下街的原道。

下街被分割了，被取代了。污水和垃圾，填充了它的细节；砖瓦和扬尘，吞噬了它的姿容。

那段时间，认可新路的人，越来越多。他们穿街而过，闲逛，访友，喝茶，吃饭，上下班，买东西，办事情。一如往昔，一派忙碌。

在他们的脚下，一条条新路，得到有意无意的强化，越发生猛起来。

而与此同时，下街，则彻底消失。

它变得无法抵达了。

无论是现实的方位，还是虚构的想象——就像很多老人再也无法为我准确地说出富贵街、竹竿街的具体方位和模样，很多年后，当我老了，我也无法为后人准确地说出下街的方位和模样。

下街，不是隐遁、封存，而是消失、死亡。

下街，不再是条鲜活的可触的街道，而是空洞的、不可想象的名词。

那条布满先人足迹的下街，已经被我们弄丢。我们和我们的先人走在了不同的街上，永不相交，没有交集的街道上。

我们再也找不到先人的影子和气息。

下街的名字，是下街最后的墓志铭。

保婴堂后街：老户

一

当那栋住了几代人的老房子，轰然倒下。老户们，在这块土地上，生活过的最直接的证据，也已经被销毁。

接下来，是夷为平地，清除残迹。

就此，这块土地上原有的一切，被彻底清零。很多具体的事物，只能止于含糊，不确定的语言。

外来者，无法再站在他们站过的方位，拥有他拥有过的视角。他们嘴里的一切，也都将变得可疑。

可以想象一下，作为一个外人，当你在未来的某个午后，听他们动情地叙述从前的时候，你只能先在头脑中找一个相类的替代物。然后，用这个具体的清晰的替代物，去无限地接近他嘴里抽象的模糊的物相。

他们在还原过去。

他们用简短的语言，把这块土地上新建的事物一一推倒。然后，他们排除一切干扰，聚精会神，小心翼翼地，把一栋栋从前的老旧的低矮的土瓦房，重新安插在这块土地上，让它们回到从前的风雨里。

他们声情并茂，滔滔不绝。每一次语言来袭，都如潮水涌现，你得在头脑中不断修改自己的替代物。这儿要加一些高度，那儿要削一点长度，这儿过了季节要换点颜色，那儿一年过去要栽一点绿植。

时间快进快退，空间不断转换重叠。

你狭小的想象空间，在面对着他们嘴里不断激增的旧事物，不同的季节，不同的方位，不同的人物，不同的故事，不同人物的交集，生生灭灭，浮浮沉沉，虚虚实实。你的想象终将被他们的语言塞满。

头脑中的替代物，被粗暴地踩躏之后，开始变形，越来越抽象，越来越模糊，越来越不真实，越来越难以把握。

面目全非。

话是越说越迷糊。他的语言，终难以抵达你的想象。而且，到最后，语言终将成为最大的障碍。他们越是声情并茂，越是自信，强调曾经的一切都已达成、还原、重现，你就越不相信。怎么可能如此细腻，逼真，毫发毕现？怎么可能如此？

口说无凭。

随着时间的推移，能够给老户证实的人，越来越少。这块土地上的曾经的事物，将不仅止于文字，也止于想象。这成了它们的宿命。

二

一个星期之前，我曾坐在老王家的院子里，听他恨声埋怨。

"他们这些人，经不得任何风吹草动。"

那个时候的老王，已经习惯对着一片砖瓦、一截残墙，滔滔不绝。在我到来之前，他曾不厌其烦地，在一片杂乱的建筑垃圾中，在为数不多的残留于地面的墙根里，为到访的人指认杨家的砖头瓦块，窦家的半截墙根。他不断地在新鲜的土皮上，以自己的房屋为参照，连比带画地，拼凑描摹原来的秩序。

"多年的邻居，说散就散，到最后，走了，连一声招呼都不打。"老王对他们的作为耿耿于怀。

他们在老王的眼皮底下，把自己的窗帘撤掉，窗台砸掉，把屋子里的家具厨具搬空，把院子弄得凌乱无比。

"他们像毁坏一段罪证那样，急切而慌忙。"只留下身后那一块疮疤一样的土地和几间引颈待宰的房屋，然后，逃之夭夭。

那些房屋，四壁空荡。在人走之后的每一个夜晚，房屋的大门敞开。

门楣的灯，是被剜去了的。窗户被撕开，空洞得异常。院子里的夜色，落得也比往常的更厚，更稠。

那些在夜色里站立的房屋，让你相信，黑暗是一种流质，它们像水一样，喜欢往空洞的地方汇集。

老王说，那些房屋，时常在后半夜颤抖。

有几回，后半夜，他起来撒尿，远远近近的人家都已经走掉。他一个人站在光亮的门灯下，捏着自己那根老家伙，向那边有一搭没一搭地看，睡眼惺忪。他忽然看到夜色涌动，不停震颤，黑咕隆咚。然后，发出"吱呀"声响。起先他以为是自己快结束了，身子激灵，但后来发现不是。因为风从那边吹来的时候，尿线明晃晃地被扯歪。

"我从没在夜里看过人家的房屋，也从来没见过一栋房屋的无辜与无助。"有些东西解释不了，但能理解得了。

我理解那些在夜里颤抖的房屋。它有很多理由，在被抛弃后哭泣，在孤独中悲怨，在大限将至之前战栗。

老王曾看着那些房屋从无到有的全过程，梁上有几块瓦，还是他从地面上扔上去的。现在老王又将目睹它们从有到无。

"先是一个小角被裁下来，然后，是一截房屋忽然矮下去了半寸，最后，明显的那块地方秃掉了。光亮亮，空荡荡。再接下来，传染病一样迅疾，整片整片倒伏。"

在老王的院子里，老王曾花大段时间为我详细地描述那些房屋倒塌的全过程。他特别强调的是声音。他说，那声音是潮湿的，很闷。很奇怪，天没有下雨，也没起雾。墙打着墙，砖打着砖，瓦打着瓦。墙、砖、瓦，都是干燥的，单独敲打撞击起来，异常清脆。他现场试过，但当几种声响齐鸣，却是很闷很闷。

像什么呢？

他想到骨头的断裂声音。他说，单独把两根骨头抽出来，相互撞击，声音铮铮如金属。但是，隔着层层皮肉，你把一根骨头敲成两截，那声音就很闷的。

"那些墙、砖、瓦，在瞬间倒塌时，是一体的，骨肉相连。"

三

一个月之前，某个黄昏。经人介绍，我第一次站在老王的门口。我给他一根"小苏"，请他带我四处转转，认认这里的人家。

他是这里的老户，掌握着更多的秘密。

我们自南而北，从草园巷走进马口街，然后又从马口街转回草园巷。在马口街与草园巷的分界点，那里还有几间房屋没拆，其中几间还住着人。

房屋连缀，没有缝隙。老王带着我一家一家认：头一家，是杜家。第二家，是张家。第三家，也姓张，卖豆汁的。这一带人家，一提豆汁，就他家了。最后一家，是周家。周家旁边是行宫，对门是老杨家。身后这家呢，是本家，也姓周。

这个周，远近都知道，算命的。收了个女徒弟，瞎子。住龙虾城下沿，现在还在黄河桥底给人算命。

周家这边是厕所。再向南去，有几户手艺人家，敲白铁的，修锁配钥匙、照相的，做汤圆。敲白铁，主要做水桶，生意时好时坏。但手艺不孬，速度快。最初是这家闺女做，后来一家都跟着做。修锁配钥匙、照相的，那是窦家。做汤圆的，是李家。过去李家老爷子挑着挑子，一头火炉，一头柜子，敲着竹板，笃笃，沿路叫卖。遇到顾客，挑子放下，柜子里抽出来碗筷、小凳子，火炉添柴添水，一块钱五个、六个。老爷子常去的是电影院门口，后来手艺传给下一辈。

手艺还在，味没变。

顺着龙虾城下沿，往这边走，那儿之前也有几户手艺人家。

远近都知道的是何二庆油条，何老大馓子，还有名气小点的彭家面点。这些人的手艺都是老手艺，上辈带的、教的、传的。你说炸油条、炸馓子到处都有吧，可老手艺老师傅做的就不一样，这一带人家就认他们。

还有一个老手艺人，只有老户人家知道，也姓何，做厨师的。老何，没事就自己琢磨着厨艺。我说他不是厨师，而是厨痴。他的手艺，带着个人的领悟，旁人注定学不来。年老的老何，拎着茶壶、小板凳，到树底、路口乘凉，优哉游哉。他就是个智者，不是那些只知道下笨力气、笨功夫，照猫画虎的匠人。

老何拿手的不少。听说，有人吃过他做的炒长鱼，舌头都咽进肚子里了，至今讲话都不利索。

只是可惜，老何的手艺没人继承。听说，后来收了几个徒弟，但徒弟学不来。有心传给儿子吧，儿子干不了。儿子，一辈子不正干，好喝酒，耍酒疯。娶个女人，大兴的，后来也跑了。跑了就跑了吧，干脆光着，不找了。儿子命不好，不到六十岁，得了癌。

这一带所有的老手艺，除了李家汤圆，其实大都后继无人，遭遇失传的危机。炸油条的何家，四十多岁，走路偏，手哆嗦，得了脑梗。现在人人手里一部手机，走哪儿拍哪儿，窦家照相没有生意。修锁配钥匙又养活不了人，索性就荒了，不干了。敲白铁的呢，也是这样。现在用自来水、纯净水，谁家还挑水吃，谁家还用得着大铁桶？时代毕竟变了，不同了。

再者，现在人也比不了过去人。过去人肯吃苦，肯出力；现代人，宝贝疙瘩一样收着，小力不肯出，大力出不了。不说别的，起早烧豆汁，要凌晨三四点，现在哪个年轻人做得来。你能？不能吧？而且话说回来，这个呢，还只是叫你起个早，没叫你出力呢。人家张家豆汁，那可是手推的磨……

四

时间再往后推半年。

视角也得紧跟着往后慢推：人，院落，人家墙壁上的红字，巷口的征收标语，指向四方的十字街道，一一后退，后退，缩小，缩小，从上空，给这一带一个全镜头。

巷道密织，屋舍井然。

从上空看，人以及人的日子，像被屋舍、院墙、巷子、街道密封起来一样。虽然街道冷落，人影渐稀，但人的生活一如往常，按部就班。

处在深巷之中的人，此时还不知道，风从哪个方向吹来，从哪条巷子进来。

这时候，我还不认识老王，不曾知晓他的门院。他的家，还有他带我一一认过的杜家、张家、卖豆汁的张家、周家、杨家以及窦家、李家、何二庆家、何老大家，正淹没在西南半角的红砖红瓦之间。

山雨欲来，暗流涌动。

老王的耳朵，或许正充斥左邻右舍的些许传闻。关于征地赔款的，安置选房的，讨价还价的，关系运作的，秘密签字的，暗箱操作的。真真假假，虚虚实实，鱼龙混杂。老王一定将信将疑，无从判断。

我是冒着雨，顶着风，来到这一带的。

我想记录下这一带的微历史。在此之前，我对这一带的居民以及居民当时当刻的状态还不感兴趣。我和他们一样，虽然听得见风声雨声，看得见风吹草动，但无法弄清风雨背后的阴阴晴晴。

那天，我打着伞，由南向北走，顺着行宫左侧窄路，转上保婴堂后街。然后，听从路人的指引，折路向西。我一心想弄清孙家包子的历史。结果，一晌走街串巷，半道却迷了路。我在巷子里转悠，风雨声势不减，左右也看见有人出来，于是只好推门问路。最后，东西找遍，人家找到，但孙家人早已搬离。

无奈之下，我只能撑着伞，原路返回。巧的是，走到草园巷附近，迎面又见着那个引路的路人。他一个人颤颤巍巍，避在人家挑起的屋檐下。那一刻，直觉让我放弃孙家包子的采访。我走上前去，递上烟，他没接。我说想采访这一带的老户，想记录下这一带的微历史。

他这回没拒绝，说，他姓李，是这一带的老户。

于是我们就站在谁家的檐下，有一搭没一搭地闲聊。路人在风雨中断断续续来去，烟星在手里明明暗暗。气氛刚刚好。

老李说：这一带，最早是荒地。有人居住的历史，可以追溯到上个世纪四五十年代。人也不多，顶多五六家的样子。60年代以及60年代以后，这才陆陆续续有人进来。这些人，有的是从县城其他规划的居委会分配过来的，有的是从城外乡镇上搬迁过来的。还有一些人，则是通过买卖的方式入住这里。有人家了，一而十，十而百，成行成列。巷子，街道，也就跟着就有了。那时候，批个地皮子简单，基本上都是居委会当家，没有现在这样正规、烦琐。批地，盖房，不经过什么城建局、国土局，没有这个审啊，那个批啊。地皮，也不要钱，顶多请吃顿饭什么的。那时候盖房子，条件差，基本没有什么好砖，都是从别的地方拾来的旧砖、半截砖，墙是土墙。现在看到的砖瓦墙，是90年代前后重新翻建的。你看到那些老房子，青砖老房子，那个时代长久一些。但我说不出来有多长，只知道里面的人，换了一茬又一茬。房子原来的主人，谁也不知道去哪儿了。住在里面的人，上一茬，是解放后房屋充公租住的穷人。这一茬人，是改革开放后买的，价格嘛，三四千块左右……人声如雨，绵长，我记不下那么多。

五

昨天，我再次去马口街采访。在夷为平地的草园巷，远远地就看到了老王和老李。他们蹲在低洼处抽烟，说话。

我站在原地，看着他们，没去打搅。

　　彼时，从我的角度看，他们，像退潮之后搁于浅滩的两尾小鱼——在彼此的回忆里，相呴以湿，相濡以沫。

灶君庙东巷：与一栋房子对望

在李家祠堂身后那片空旷的阳光里，我蹲在一截挑起的大梁上，与一栋房子对望。

它倚着一栋破败的明清老建筑。脚边，是蔓延开去、一眼百米的断砖残瓦、建筑残骸。

车乱旗靡。

这样的场景，像是溃败的战场。仿佛它从百米之外，一路丢盔弃甲，失城失地。最后，终于无路可退。

作为一栋房子，它没有和机器对抗的资本。

命运先给了它：遗弃，毁坏，毁灭。然后，还要告诉它，你去：接受，忍受，被击倒。

它，显得那样虚弱。

这种虚弱跟它直面机器的高大个头和宽大腰身正好形成了极大的反差。整栋房子，松松垮垮的，仿佛个头越高大，骨子里的虚弱暴露得就越彻底。

它不可能后退，反抗，躲藏。

它只能站在原地，看着属于自己的最后时刻一分一秒到来。

当那些挡在眼前的房子，一层一层如窗帘一样被一一挑尽。

当那些机器，意气风发，砍瓜切菜一样，所向披靡，势不可挡。

它惨白的面容，不久之后便会自动暴露在机器高举着的铁臂之下……

我抬眼望它，不讲话，不发出声音，尽量让自己看上去像个一块砖，一片瓦，一个尚未倒下或者已经倒下的墙角。

我一直在克制自己抬手支下巴的习惯动作。因为，这个动作的侧面，极像是拆楼机高举着的机械臂架。

在一栋受尽惊吓、战战兢兢的房子面前，我得尽力避免一切误会的发生。

于是，我只是看着它，目不转睛。

有一瞬间，我觉得这栋房子极像是一个人，确切地说，它有着人的面孔——

宽宽的额头，高高的头颅。两个挑起来的耳窗，是一对招风耳；一顶层叠而下的砖瓦，却是一头卷发。

一样两只眼睛，一样一张嘴巴。

空洞的眼睛，是对着眼前发生的一切，惊魂未定。张着嘴巴，是对着南方的天空呐喊。还有一双闷在风里的耳朵。

只是，我听不到，它的声嘶力竭。

我的耳朵捕捉不到。

我只能看到它嘴角夸张、变形的线条，看到那双被死死捂着的耳窗，看到它脑后那片被强有力的声音，犁过一遍的鱼鳞状天空。

天空，高远，没有生灵飞过。

它的身后那栋青砖房是另一张脸，侧过去的脸，半面沧桑。还有青砖房身边并立的那几栋，一张张脸，齐向着西方。

也无风雨也无晴。

我看不到那一张张面孔之下的血肉、筋骨，仿佛它们只是人的一张张弃壳，一如蝉、蚊子、蜻蜓的弃壳。

在我与它们对望的时候，我的眼前瞬间闪过一只只蝉蜕坠落秋风的画面。

它们的肉身和灵魂已经飞离，隐匿林中。

只有那些壳，那些曾经被遗弃在远离泥土的地方，现在又终于重新回归泥土的壳。我看见它在风中翻滚，如此精致。面容，身姿，除了脊背上开了一道口子。

不知道为什么，我一直害怕蝉、蚊子、苍蝇等一切可以蜕变的昆虫。我不明白幼虫和成虫是否真的拥有同一个灵魂，使用同一个大脑？

幼虫真的知道有一天它会展翅高飞？

我不敢想。我认为不是，却又没有不是的理由。

但学用孟子推己及物的认知方式，想想幼虫上树时，它思想能到的极限，实在不过是为了躲避来自陆地的伤害，抑或是想拥有一览众山小的视线和胸襟。

我无法想象出，它一觉醒来，不知道身在何处的感伤。

想想吧，几秒钟前，它的灵魂还在躯壳里彷徨、冲突，自己不断地否定自己。然后，一刹那，它"重生"了，不是穿越。

我觉得它无法用自己现在的大脑，弄清它是谁。它有一双新的眼睛，新的躯体，新的灵魂。他不会知道它从哪里来，将到哪里去！

它不会知道，它该祭奠些什么，虽然一睁开眼，就觉得若有所失。

它带着从前的面孔，却从此永别大地。它属于天空，属于异乡。在天空、异乡，它的每一次鸣叫，都声嘶力竭。

我蹲下的时候，我的耳畔就一直充斥着蝉鸣，左右着我的想象。我看着眼前身后的战场，想着那一台台机器对那些房子的围剿，想着它们横切、竖伐、叫嚣、奔突的时候，一定会有一段蝉鸣从烈日的背后喷涌而出。

那时候，机器之声，消隐；阳光之下，白灼。所有的画面被一栋倒下的房屋占据：它如纸片一样倒下。空空荡荡，摇摇晃晃。

蛀空了一样：糠。

在最后的时刻，它唯一能做的，只是保持站立的姿态，直直地摔向地面。

尘土飞扬。

这是它，作为一栋房子的最后那一点态度和尊严。

现在，眼前的这栋房子，它也把这点态度和尊严，怯生生地展露给了我。可我无法保护它，安抚它。我只能尽量不去伤害它——

只能远远地，蹲在一截挑起的房梁上，与它对望，屏住呼吸，不发出声响，像一块砖，一片瓦一样……

这是我的一份良善。

草园巷：最后的灯火

那根倚门而立的白炽灯管，是从梁上摘下来的。老式的灯罩，油黑，破败，带着水泥和白石灰的痕迹，掌着一截枯索、荧白的光，昼夜不寐。

屋后的另一堵墙上，还有一盏灯火。昏黄、浑浊的灯泡，像一只失眠的眼。

它贴着墙，悬着空，吊在一枚周身腐锈的钉子上。

灯泡的前方，是一堵被齐齐挑去一半的挡风墙。洞开的墙面，让房屋原本最私密的部分——内墙、内壁、内门、内窗，木床、帐子、被褥、枕套，还有人，人居家的状态，人行走的步调，吃饭的动作，睡觉的姿势以及晾绳上女人暖色内裤、肉色胸罩，忽然毫无羞耻地招摇在外。

这是草园巷最后一户人家，门柱上刷着的红字"B-188"早已宣判了它的死刑。

它的命运已定。

它矮矮的门庭，窄窄的门脸，看上去坚固的大门，以及新贴上去的春联，洞开的后院，破损严重的残躯，随时会因为刑期的到来而土崩瓦解，消失殆尽。

它整日大门紧闭，少有声响。

院子和屋心里的凳子、沙发、脸盆、脸盆架、暖水瓶，一一陈列在外——这些涌出门外的，还在使用的，作为日子最鲜活的一部分——有一刻，它们让我想起了那些身体因为遭受猛烈撞击，而飞向空气与泥土的新鲜的皮肉组织和脏器器官。

经历，遭受。完整，破碎。封闭，迫开。对抗，反对抗。

静止的空气中，仿佛有两股力气在做较量。断断续续，持续不绝。

而眼前铺展的一切，显然是角力的现场。

有一段时间，我看见一个男人，长久地坐在凳子上，脸没洗，杯没水，眼神空洞地看着自己的房屋。

那只丢失瓶塞的暖水瓶，就在他的不远处，绿色的外壳包裹着银色的瓶胆口，孤独地对着天空，像是一条拎在别人手里、大张着嘴巴的鱼。那光亮亮的薄唇，阳光聚集，顺着鱼嘴，散向它昏迷的眼和贪吃的胃。

我很想坐下来跟他说些什么。

最好是听他说说过去。

虽然我也知道，他现在的兴趣和注意点只在眼前。

有一个黄昏，我向他递了一根"小苏"。这是我离他最近的一次。

他伸出了自己的手，干瘦、暗淡的手，接了。我再次递上火的时候，他却又摆摆手，把"小苏"架在耳上，头也不回地绕向自己的房屋。

紧随在他身后的，是一只叫稀稀的狗。白色的前胸，因为苍老的缘故，有些发黄。它不肯跑，四肢蹄子交替而动。等主人停下的时候，就懒懒地顺势趴下。

我站在那里，想说什么，却又觉得什么都不说更好。

于是我就那样站着，看着他和他脚边的稀稀。

过了一会儿，他想起了什么，径直走到自己房子的东山头，把地上的一个木梯扶起来，按在墙上。稀稀这次没起来，抬着头看了一眼，继续垂下自己的头。

我看见他一脚抬起来，踩在上面，另一只脚，忽地带着全身的重量腾空而起，身子瞬间下沉，纵了两下。我知道，这是在利用自己的体重和身体瞬间而起的附加地心力，让木梯的底部与大地结合得更牢靠。我也这么做过。

我看见，那梯子晃了一下，他的双脚也跟着落在了地上。

很明显，他很满意自己的这一举动。

他把那双干瘦暗淡的手放在梯子上，前后左右动了两下，很牢固。然后，迅速地爬上了房顶。

房顶，除了太阳能，还有几根高高隆起的废弃铁管，几株过膝的野草，以及贴在平房房顶纵横交错的电线。

他拉扯着那些电线，在判断着它们的去向和尽头。抬头，远望，回首，俯身，犹犹豫豫。似乎在寻找什么？等待什么？又好像是在思索什么？

而在他停止行走的身影之后，是从黄昏背面包抄而来的夜色。堂而皇之，无惧所有。

这个时候的太阳，已经不再灼眼，画上去一样，尤其是随着背后晕染着的晚霞淡去，画风中悲壮的部分陡消，只剩下了挣扎，残喘。像一星挂在烟屁股上，会被人随时扔掉的烟火。

他还在犹豫中，就着最后一点光亮，整栋建筑像是即将淹没的孤舟。而他站在这艘孤舟的最上面，没有一声呼喊。

太阳已经隐没。

他终于做出了新的选择——我看见他把一根电线拎在手里，抖一抖，然后，顺着这一根电线向前走，一直走到房顶中间的位置，才蹲下来。接着他又拎起另一股电线，双手慌乱地交叉，分开，再交叉，再分开。

他直了直身子，歪着头向我这边看了一眼。

这时候，他显得孤独异常。

他一个人站在房顶，根本不知道哪根电线出了问题。夜色降临的时候，没有一个可以给他做出回应的人。他只是一遍一遍来回地走，来回地走，走。

趁着夜色，焦躁着，平静着，不得安生。

最后，他彻底崩溃了。

他把那些电线全握在手里，扯了一下，又扯了一下——门前的那盏白炽灯闪了两下，熄了。他察觉到了，却没有停下来的意思。他继续扯，鞭子触水一样，声响剧烈。而后是窸窸窣窣的声响，电线缠绕、击打的声响，时隐时现。最后是闷闷的声响，极有规律，仿佛整栋房子在叫疼，在低低地叫，不敢高声，不能高声。像被什么卡住喉咙一样，只能涨着脸，蹬着脚，在灯火明灭之际，挣扎，颤抖，垂死。

天彻底黑了。

屋后的那盏灯火在摇曳、晃动之后，开始平复，风平浪静。

这个灯泡，在那一刹那，成了草园巷最后的灯火。

它在隐没的阳光之后，撕开黑夜的口子，并在黑暗里挣扎，继续把房屋里最为隐私的地方，暴露于人。

我看着它顺着裸露的红色砖墙，向下，向前，流淌，漫溢，停留在那些倒在地上的砖墙上。

这些砖墙，在夜晚的灯火之下，变得柔软。它们完全失去了砖瓦的硬度，模糊了因为撞击倒地而呈现出来的狰狞、狼狈。

它们在灯火里，拼接，粘连，连成一片，起伏，柔媚，曲线玲珑，根本不像遭受了重创，而像一角帘布被谁轻巧地折在墙外。

天彻底黑了，而那光又过太耀眼。

我，已经彻底看不见那个接了我的烟却没抽的人。

他和他的稀稀，在灯光之外。

第四章

建筑档案

A 字开头的建筑

新盛街片区的拆迁号，大致可以分 A、B、C、D 四个区域。

草园巷、后马口街南北一线以西，幸福路以东的区域，是 A 区；草园巷、后马口街南北一线以东，财神庙街以西的区域，为 B 区；财神庙以东，新盛街以西的区域，是 C 区；余下的部分，新盛街南北一线以东的区域，为 D 区。

2017 年，我确定自己走进每一栋待拆的房子。我拍下了它们最后的模样，看到它们最不堪的一面。它们这个时候，不能称之为家，只能称之为 × × 号建筑。

A-121 号建筑：无声的角力

A-121 号建筑的门柱内壁上，用粉笔端端正正地写着：马口街 16 号。

马口街 16 号。

这该是 A-121 号建筑的原地址和身份。地址和身份的获得，在 A-121 之前；端端正正地书写在门柱内壁上，却是在 A-121 到来之后。

马口街 16 号，有种强调和正名的意思。

"马口街 16 号"与"A-121"，在大门的左右，彼此之间，有种无声的角力。

粉笔字"马口街 16 号"，在左门柱的内壁，字迹端正、清晰、有力度，被内墙和屋檐遮掩着，无风雨之扰。

于是，一直到现在，"马口街 16 号"的力度，还是那个力度，不曾减了半分锐气；端正，还是往初的端正；清晰，也还是往初的清晰。

油漆字"A-121"，在门右边墙壁的正面，字迹有些模糊，有些漫不经心，袒露着，敞开着，没有任何遮挡，任着风雨涂抹。

于是，"A-121"的字样越发模糊得厉害，尤其是数字的个位"1"，从尾部开始溃烂风化，渐渐地已经辨认吃力。油漆自身的光泽，也早已不在。

但袒露、敞开的态度，依然在模糊中袒露、敞开；漫不经心，也依然漫不经心着。

在形式上，马口街 16 号与 A-121 的无声角力中，随着时间的推移和风雨声的混入，赢的一方，应该是马口街 16 号。

但也正如形式上看到的那样，"马口街 16 号"虽然依旧端正、清晰、有力度，在对比中随着"A-121"的不断模糊、风化而渐渐得到强化；但"马口街 16 号"依然需要遮掩，依然经不得半点风雨之扰。

而"A-121"虽然渐渐模糊、风化，但它也依然不必遮挡，不必惧怕风雨的涂抹。而且，更重要的是，在风雨之后，"A-121"表露出来的那样漫不经心，那样有恃无恐地袒露、敞开，也一如从前。

有时，随着模糊和风化的严重，从视觉上来看，模糊和风化亦凸显了A-121的漫不经心和有恃无恐地袒露与敞开。

总之，在实质上，溜走的只有时间，马口街16号与A-121的角力，谁也没改变什么，无所谓输赢。

在时间之后，"马口街16号"与"A-121"，依然是：一新，一旧；一内，一外；一隐，一显；一白，一红；一个是汉字，一个是字母；一个是粉笔书写，一个是油漆书写；一个看上去郑重，一个看上去有些随意；一个是自书，一是个他书。

在风雨之后，你从大门的正前方经过，阳光里依然只能看到"A-121"。"A-121"依然在最醒目的位置，用最醒目的红色昭彰着。

而红色，依然暗示着拆除。这是马口街16号的宿命，无法逃避。

A-123号建筑：在自己的内部被屠宰与分割

在A-123号建筑的内部，A-123被屠宰，分割。

那些摆放在屋心的铁门、铝合金窗架、楼梯扶手以及梁上的灯具、吊扇，如早市案板上，动物的新鲜内脏那样，分门别类。

此外，还有肋骨般的房梁、鳞屑般的碎铁片、血管般的自来水管、下水道管、毛细血管般的电线。

这些原本埋藏在表皮之下的事物，也被细心地找寻，费心地搜捕。此刻它们正毫无遮掩地暴露着，待价而沽。

尤其是那些遍布墙体的电线，光鲜如初。

当它们如同虾线那样，一点一点被抽离 A-123 的墙体时，我看到，原本紧绷着的 A-123 号建筑，在一瞬间，瘫软、疲沓下去。

能看出来，这些电线，是人们最大的收获。

它们被放在屋子的最中间，缠绕着，堆砌着。有铝有铜，铝的，几块钱一斤；铜的，十几块钱一斤。

在 A-123 号建筑里，我至少听到三种铜线的价格：带皮的铜线每斤 15 块，烧皮的铜线每斤 19 块，而剥皮铜线最贵，是每斤 20 块。

剥皮的铜线，价格最高。亮度，也最好。所以，也被称为亮铜。

为了卖得好的价钱，得到那些亮铜表面的成色，于是每抽出一根铜线，他们就迫不及待地在 A-123 的屋心，分工合作，现场操作。

先是一个人用刀子挑开铜线一端的外皮，然后，另一个人铆足了劲儿，奋力地撕扯。虽然费些力气，但铜线与表皮在一瞬间分离的场面，还是令人欢喜的。

还有一个人，把那些带皮的铜线，放在平整的地板砖上，用羊角锤持续不断地敲砸，直到把它们砸得皮开肉绽。

砸出来的铜线，表皮可以不费力气清除。外表虽然磕磕巴巴，但成色不减，并不影响价格。

他们让铝归铝，铜归铜，皮归皮。

他们让 A-123 的白天叮当作响。地板砖的表面，一如电线的表皮一样皮开肉绽。

对那些灯具和吊扇，他们用上了更多的器具，并煞有介事地把他们一一分解，归类。

灯具迅速地分解成了一堆塑料、玻璃、杂铝，而吊扇，则把扇叶归为废铁，轴承归为好铁，电机线圈归为亮铜。

他们说，一个完整的灯具，只可能当作塑料卖掉。一个吊扇，也只能被当作废铁卖掉。塑料每斤 4 毛，废铁每斤 3 毛。这不是它们的真正价值。

一旦分解之后，塑料、废铁虽然还是塑料、废铁的价格，可玻璃有了玻璃的价格，杂铝有了杂铝的价格，好铁有了好铁的价格。

最重要的是，电机线圈的铜，是上好的亮铜，它的价格是废铁的 66 倍。

亮铜，有了亮铜的价格。

它们各自的价值，被凸显出来了，没有埋没。这是他们劳动的意义，也是他们的最高追求。

在 A-123 的内部，屠宰和分割 A-123，让他们既兴奋，又愉悦。

A-69 号建筑：去年的苦楝，吊在今年夏天

A-69 号建筑的上方，压着一枝苦楝果。

去年的苦楝果。

纸黄、干枯、蜷缩的苦楝果，盐渍一样。它们，在经历了一整个秋天、一整个冬天和又一整个春天之后，吊在了今年的夏天。

在这个夏天，它们，依然结实、分明，向着更深处的季节试探，进发。

A-69号建筑，依然住着人。他们是马口街最后的居住者。属于他们的日子，依然艰辛着，鲜活着。

此时，我看见A-69的女主人，正端着一盆刚洗的衣服，站在那棵苦楝旁晾晒。门前屋后是杂乱的砖瓦和倒塌的墙根。

砖瓦和墙根上，是她早晨刚扔掉的垃圾。

垃圾的前方，是昨天、前天以及前天以前的垃圾。一袋一袋，杂乱堆放。红、黄、蓝、绿的垃圾袋，鼓鼓囊囊，散着昨天、前天以及前天的前天的淡臭、浓臭、馊臭、腐臭、湿臭、干臭。

臭，是有层次的，并不单一。

最底层的臭，是干的，干燥的干。那是混入了大量的风的结果，在新鲜的垃圾彻底腐烂之后。

我和女主人，远离那些馊臭、腐臭和湿臭，选择站在淡臭和干臭中说话。她瘫痪在床的丈夫，透过半开着的木门，不时向这边张望。

女主人有很多话要说，可真的，嘴巴张起来，却又没说出任何话语。只听见，喉咙里发出来的阻塞的气息。

可能是由于长时间独处和缺乏交谈吧，她后来的话语，结结巴巴，磕磕绊绊。所要表达的意思，也像黑夜里不断开开关关的灯一样，跳闪，粘连，忽明忽暗。

她急切地向我展示着自己的生活，把一天里要重复做的事情，重复地说着：倒垃圾，洗衣服，伺候丈夫，做饭，倒垃圾，洗衣服，伺候丈夫，倒垃圾。水在桶里，火在煤炉里，锅在火上，碗在桌子上，垃圾在塑料袋里，衣服在盆里，丈夫瘫在床上。

她邀请我去看她瘫在床上的丈夫。瘦瘦的男人，眼光躲闪，被薄薄的被子压在床上。床边有盆，有纸，有垃圾桶、塑料袋、脏乱的衣物，有碗筷，有食物的残渣。床单、地上，还有新旧杂陈的油渍。

不用她再说半个字，也不必听懂她之前断断续续的话语，我立刻明白了她的生活。

那些盆、纸、垃圾桶、塑料袋、衣服、碗筷、残渣、油渍，从她的手里一一接过，投向日子的深处以及更深处。

我把女主人手里的盆接过来。淡蓝色的盆里，掉了一些细碎的苦楝花瓣。苦楝，苦。苦楝的根、茎、枝、叶、花、果，皆苦。同样是花，苦楝的花，细碎，纷繁，千头万绪，无声无势。花语是：压抑。

苦楝花，颜色，压抑；气味，压抑；花形，压抑。

风里的苦楝花，对于去年的果子，遮不住，也藏不了，竭其所能了，又无能为力。

而今年的新的果子，又要孕育而生了。

压抑。

A-117 号建筑：一只精致的左耳

确切地说，A-117 号建筑，是在用残留部分承担着失去部分的所有功用。

一栋完整的宅院，砍去门楼、游廊、左右的厢房，再砍去庭院、院墙、后面的罩房，只剩下孤零零的一栋正房。

然后，挥刀砍去正房右边的一间耳房，再砍去余下的已经不成面目的那一部分堂屋。至此，残留部分便是 A-177 号建筑的模样和大小。

A-117 号建筑，只是一栋建筑的残余。

但在生活的苦心打磨下，从外观上看，它却有着异样的完整性。

应该说，A-117 号建筑，除了空间小、装饰少之外，它和新盛街任何一栋完整的建筑一样，拥有着一个家构成的所有要件。

它的正脸虽然宽度不足 4 米，但开了两扇门。

两扇门，一扇，通向卧室；另一扇，也通向卧室。一扇与外部连接，是房门；另一扇与依墙而建的厨房连接，是室门。

房门和室门，都有门套、门、合页、锁扣、锁。该有的，它都有，一应俱全，是完完整整、体体面面的两扇门。

从外面打开房门，A-117，即是堂屋，是客厅。

这里的桌椅、板凳乃至床沿，皆是待客之物。电视开了，茶水上了，主人和来客，可以闲谈、抽烟、喝茶、看电视了。

从厨房打开室门，A-117，即是厨房的延伸。

这里的桌椅、板凳乃至床沿，亦是待客之物。四碟上齐，八碗捧来，主人与客人坐定，可以继续闲谈、抽烟、喝茶、看电视，然后喝酒、吃饭。

送走客人，从里面把房门和室门关上，A-117，又是卧室。

这里的一切物什，重归安静，收纳整齐。床铺，替代桌椅成为 A-177 的核心。A-117，是待客的地方，也是主人睡觉的地方。它是卧室，也是堂屋、客厅。

此外，它还是吃饭的地方，杂物收纳的地方，是厨房的一部分，是一间带有储藏功能的房间。

一句话，A-117 号建筑，虽然只是建筑的残余，虽然内部也已经破败，伤痕累累，但作为一个家，它是完整的。

就像你把自己的五官，一一单独进行欣赏时，你发现在模糊掉脸盘之后，眉、眼、耳、鼻、口，也一样各自完整、独立。甚至，各有各的精美。

在生活里，A-117 号建筑，是残缺，亦是完整。它是一只因为长久遗落在马口街的阳光里，而渐渐暗淡、干枯、失去原色的左耳。

一只完整的、精致的左耳。

B 字开头的建筑

B-211 号建筑：一整个荒凉的春天

因为缺少了必要的播种和打理，B-211 号建筑的春天，显得有点荒凉。

春天已经过去的时候，一些种子，仍旧吊在墙上的塑料袋里。干瘪的种子，灰头土脸，因为错过了一场花事而暗淡无光。

阳台上，只剩下一只空花盆，独眼看天，空空荡荡。

一株仙人掌，烂死在一旁。

它的叶片，宽如手掌；软刺，细长如松针。

个头也高大。从中间折下去的部分，像花朵一样沉重：腐肉肥厚，水分充足。

很显然，这株仙人掌，曾被人过度地照顾和打理着，营养过剩。而它的死因，也必定跟这种照顾和打理有关。

换句话说，它的死，是因为——在它渐渐地习惯了人的照顾和打理之后，人却弃它而去。

同样，还是因为人的离去，B-211 号建筑的另一些花草，在属于它们的春天里，惊慌错乱，秩序全无。

一盆被楼上的风卷下来的多肉植物，狼狈一地：身子倾斜着，根茎外露着，一张张厚实的圆脸，夸张地扎进布满青苔的污水里。

一盆佝偻着腰肢、一副难状的大叶薄荷，腹背受敌，被多肉植物的花盆和泥土砸倒在地；茎叶，被压向污水，污渍侵染了一身。

另一盆矮小、瘦弱的白掌，被蛮横高大的雷公草、盘根错节的狗牙草以及泼辣辣地坐根、舒展的蒲公英，欺压得毫无存在感。

还有一株翠云不整、文雅不再的文竹——

毫无疑问，它也曾被精心地照顾过。那精致的花盆和精修过的面容，已经说明了这一点。

从前，它宝贝一样地收在人的案头、人的房间里，养尊处优：风雨无扰，衣食无忧，优雅从容，宠溺有加。但现在，它容颜已改，沦落荒草；神情破落，凄惶不堪。

这是一株身形漂亮的文竹，一株习惯了人类的照顾与打理的文竹。现在它孤零零地缩在墙角，隐没在一群流离失所的多肉植物和大叶薄荷之间。

在这个春天结束的时候，它的根茎枯黄，叶片瑟瑟缩缩，蓬蓬松松，像一张过度氧化的无纺布那样，见风就碎。

B-173号建筑：毁灭的边缘与初成的伊始

像一栋正在装潢的新房那样，B-173号建筑的楼梯，客厅的墙壁上，遍布着一道道潮湿的，看上去尚新鲜的墨痕。

墨斗打出来的墨痕。

两根手指头捏着紧绷的墨线，或者一根手指头勾着。然后，顺势一弹，一条直线。再弹，两条平行线。

这些线条，在一瞬间勒进墙壁的表层，服帖，清晰，边缘受到墙壁的反作用力，毛毛躁躁地，如静电的毫发一样张开。

它们的周围，有规律地落着一串铅笔书写的数字，如：2米，④，24×68，40×80，40×60。在数字的不远处，还会均匀地生出些孔洞。

孔洞里，都打上木楔子。

然后是架在木楔子上的，如骨架一样贴在墙壁上的一米长的木方。它们，将按着墨线打出的痕迹，横平竖直，井然有序。

B-173号建筑，根本不像是要拆除，要走向毁灭；而像是构建，像是初成。那些墨痕、数字、孔洞、木楔子，还有搭上去的木方，正有序地推进，一环扣着一环，一步一步向着工期的竣工日靠近，向着作品的完成时靠近。

那个经验丰富的装潢师傅，像是刚刚离开一样，去吃饭或者歇息。接下来的工作，将在不久之后如期进行。

这里的活儿，正等着他来完成。

他的身影还将重复地出现。他耳朵上还会架着那只红色的铅笔，嘴哼着那首重复的老调子。

他对B-173号建筑的各个细节，了如指掌。哪儿该打钉子，哪儿该优先完成，哪儿该拖一拖，都还依着他的意志。

他也会临时改变主意，临时对自己头脑中的样图进行修改。所以，那些即使已经钉在墙上的木方，还是会被那只羊角锤启下来。那些砸进木楔子的孔洞，也有可能直接被封存，毫无用处。

总之，作品还没完成之前。有很多可能的存在。

他还可能会旷工，一连几天都不来，让那些打好的线条，就那样晾着；让那些写下的数据，就那样不明所以着；让那些钉上去的，还会卸下来的木方，就那样暂时地钉着。

所有的指向，所有痕迹，都在营造一种等待。等待，这里的一切，听他的处置。这里的一切，在他的手里生成。

B-173 号建筑，根本不像是要拆除，要濒临毁灭。而像是构建，像是初成。

毁灭的边缘与初成的伊始，有时何其相似。

B-203 号建筑：被时间收走的部分

在 B-203 号建筑，我看到了两幅尺寸袖珍、巴掌大小的名作：《勃鲁达的投降》和《拿破仑一世加冕大典》。

和那些撑起生活的大物件——桌、柜、床、褥、瓶、罐、盆、桶、门、窗相比，这两幅画显得过于微小。

它们，是人们选择遗弃的，留下的部分。

由于长时间的日晒风吹，《勃鲁达的投降》远处的火焰和青色的烟雾早已苍白，画面上原有的光线、色彩和细节也早已模糊。

一幅完整的画，仿佛又重新回到一张草稿上，只剩下一个构图者的填充空间。

名画《拿破仑一世加冕大典》和《勃鲁达的投降》一样，遭遇了相同的日晒风吹。所以，它拥有着相似的命运——

站在它的对面，你根本看不到拿破仑一世脸上细微的表情，看不清他身后的侍从、卫兵的眼睛投向何方。

甚至，那顶即将用以加冕的皇冠，也早已被阳光和风弄丢，消失在大典之上。

那些曾经被视为生活中最精彩的部分，作者最得意的，也最为人所注意、所称道的部分，最先被时间收走。

那些需要珍惜而不珍惜的，注定等不起，不为谁停留，也注定在想挽留的时候，也无力挽留。

在 B-203 号建筑，同样被留下来的，还有三张署名素描和三幅巨幅墙壁手绘：海豚、戴南瓜帽的女孩、曲肱而枕仰望天空的男孩。

它们是整间空荡的房屋里，最显眼、最不容忽视的部分。

尤其是那三幅手绘。站在它们面前，你仿佛还能听到笔尖游走在白石灰墙面上声音，仿佛还能看到那些的线条从笔尖出发后的每一次交汇与分离。

你甚至还能想到一个女孩被一个强烈的创作欲望击中的那一刹那——那是怎样的一个情难自制、心神不宁的时刻。

对于这个女孩而言，那个寻常的一天，却因为拥有了那一刹那而变得不同寻常。

对于这个女孩而言，这面寻常的白灰墙，这间寻常的闺房，将在笔尖持续的游走声中，变得不再寻常。

这注定是美好的一天，一生中难得的一天。

当然，这一天也会被冲淡，被忘记。随着时间的推移，它将被淹没在众多平庸的日子里。

但只要那些时间留下来的东西在，只要那墙壁上的涂鸦在，它就会被时时叫醒，它就会在平庸的日子里熠熠夺目。

……

可是，如果那些墙壁倒下，一切都被时间收走，那一生中美好的一天将怎样被唤回？唤回了，又是怎样的惆怅……

了无凭据。

B-236 号建筑：有些怀念，已经无法抵达

通往二层、三层的楼梯，已经断毁。B-236 号建筑的二楼、三楼，拒绝了我们的到访。

从楼梯口向上看，墙壁上的一些生活痕迹，半遮半掩，遥远而陌生。

一幅壁画，只肯展露它的三分之一；一地凌乱的生活碎片，只吝啬地开放了门口的那一小片；一串并不潦草的电话号码，在内墙壁上，只显示了它最后的 7 位数。

这只显示了 7 位数的电话号码，是另一种拒绝。拒绝记忆，拒绝回想，拒绝拨通，拒绝确认。

如果电话号码的所有者，也已经把你忘记，那么你与他之间的唯一的维系，也已经断掉。

有些怀念，已经注定无法抵达。

我无功而返，只能在 B-236 号建筑的一层稍作停留，看看能否捡拾起从前的模样。可是，B-236 再次决绝地拒绝了我。

它已经被破坏严重。

原有的生活痕迹，已经被磨平殆尽。作为家的生态，在人离开之后，已经彻底失衡：房屋的上面四角，已经被蜘蛛盘踞；下面四角，已经被各种虫豸占领。随意拨开一块砖头，即能见到西瓜虫、臭虫和蜈蚣。

房屋的四壁，潮湿，起皮。白石灰，蓬松，污迹斑斑。

墙体表面被生生割开，里面的电线被人取出；门和门框，被人撬去；窗户，被掏得只剩下个洞。红色的砖与灰色的水泥参差外露。

B-236 号建筑的一层，已经面目全非。面对它，记忆也无能为力，也没有把握将其彻底修补完善。

人去楼空。物非，人非。

原来的生态，原来的人的生活状态，已经被打破，破镜难圆。

破镜，难圆，徒劳无功，带着怀念的人，站在屋心，像是经历着一场虐心的回击，亦是一种拒绝。

B-236 拒绝了温热的怀念。院子里一切都显得陌生，无法挽回。爬山虎失去了原有克制，挣脱了锁链一样，疯狂地逃。它们没有方向，无孔不入。那些曾经对它们并不开放的禁地，如内窗台、内墙壁、地板、客厅、卧室，如今毫无顾忌，毫无阻拦。它们登堂入室，从外逃向里，以为逃得很远。

拥有一扇被爬山虎编织的窗户，不知道曾经有没有在B-236主人的脑海中闪过。不知道他栽下这些爬山虎的时候，有没有放纵地想象过。

如果有，那么爬山虎的逃离，无意间完成了那个"人最放纵的想象"。

那么，B-236的过去应该毫不可惜地忘记。

此刻，应该铭记。

C 字开头的建筑

C-169 号建筑：堆砌的鞋子

那些大小、款式不一的鞋子，全窝在 C-169 的东墙角。它们的数量足够多，以至于让我产生了错觉，仿佛它们的主人，是光着脚离开的。

可是，路上并没有一串脚印。

我看着远处残存的巷口，想象着这么一个人：他光着脚，背着家什，迎着夕阳，走向远方。

我看见他的影子被拖得老长，黑黑的，实实的。仿佛一口黑色布兜，紧扣在脚腕，紧贴着大地——

当远行的人抬步的时候，它就跟在脚后，一刻不懈地捡拾着那些转瞬即逝的、薄如金箔的脚印。

我看见，那没有尽头的路，如此柔软。

它镀着一层金黄，光滑如绸。而人们，在离乡的远途上，没有留下任何踪迹。

我俯下腰，多次打量这些堆砌的鞋子。

球鞋，在阳光里，有鱼一样的身材、鱼一样的眼睛和鱼一样的嘴巴。它们嘴巴大张，扎在坚硬的水泥地坪上，仰面向天。眼睛里，寒气逼人，露着金属的光圈。

我看见，一双曾经专属客厅、卧室的拖鞋，现在布满了尘土，被室外的风雨吃透。

我看见，另一只过去只能等候的门口、院落中的深色高跟鞋，现在已经面无好色，已经习惯了只眼看天。

我看见它们的鞋底，还留着远方的泥土。

看见鞋面上，还珍藏着时间的污垢。

有一次，我踢翻那双球鞋中的一只，还看到几粒微小的石子，牢牢地嵌在鞋底的花纹里。固执、倔强，又光滑、别致。

毫无疑问。

它，曾远行。

那颗石子，来自比泥土更远的远方。

我想，它一定深知脚的动与静，人的行与止。我想，它也一定不会明白，属于自己的路，是归途，还是去乡。

它，再等不到那双脚，等不到那个人。那双脚，那个人，已经远走。

它，也再等不到那条属于它们的路，那条路，也已经消失——我在这里蹲守了几个月，我目睹了那条路的整个消失过程——就在那些人走后不久，那些壮硕魁梧的机器，从C-169的对面，一路穿行无碍，势不可挡。

它们贴向大地的铁齿钢牙，一如那只绑在远行人脚腕的黑色布兜，把这块土地之上已然残缺的巷口、建筑、道路，一点一点啃食殆尽，兜杀殆尽。

此刻，越过C-169号最后残缺的东墙，大地干净，唯有泥土。

而这些泥土，是 C-169 号建筑东墙下的那些鞋子不曾熟悉的泥土。它们不曾在上面留下自己的脚印。

那里，现在只属于机器。

闲人莫入。

C-235 号建筑：残缺，无法生成还原

当机器和人们离开的时候，C-235 号建筑，犹如一只残存的碗底，只剩下平铺一地的地板砖。

在阳光的暴晒之下，那种白色的四四方方的地板砖，一块一块拼接连缀，极容易让人想到干涸的河床。

河水，已经耗干；河底，一览无遗。

在它们身上，我还能准确地找到从前那些门和墙的位置。

还能认出哪里是客厅，哪里是卧室；还能估出大门的宽度，卧室门的宽度以及客厅、卧室的大小。

我看到，卧室与客厅的边界还很清晰，看到后墙根那些残留在地下的红砖，依旧规则排列。

一切，都还有迹可循。

在那些门和墙消失之后，我依然可以凭借想象，大致还原 C-235 从前的模样。当然，只是大致，无法精确。

就像从一只碗的残底，无法还原一只碗一样。你只能还原到它的半身腰，只能粗略地还原到它的碗高与碗深。你无法还原它碗身的花纹，你也无法还原它碗口的收与放。

总之，一切都还有迹可循。但也止于有迹可循。

面对残缺，连想象的自由都将遭到限制。

残缺，就只是残缺。

残缺，无法像根须一样，再次生成、还原。

在这一片拼接连缀、四四方方的白色地板砖上，我只能想到 C-235 三分之一的高度。有时，甚至连三分之一都不到。

我不知道在离地面多高的时候，给它的正脸开一扇窗户。

我不知道要开的这扇窗户的尺寸、形状、材质、纹饰。

我不知道要开的窗户，露不露窗台，有没有窗檐。不知道它是双扇，还是单扇。

虽然我有出色的想象力。我可以想象出卧室四个边角的潮湿与干燥，但无法想象出阳光从窗户落进卧室时，是倾泻而下，还是趴在边口。

我的想象无法呈现出一栋完整的房子。除了窗户，还有它的房顶。房顶也在我的想象能力之外。

在一片断壁残垣之中，我只能想象出没有窗户、没有房顶的 C-235 号建筑。虽然它有卧室，有客厅，有房门，有卧室门；虽然它像所有房子一样，角落潮湿，四壁干燥，阳光有时而来。

虽然……

但是，残缺，就只是残缺。残缺，无法像根须一样，再次生成、还原。

C-167 号建筑：残酷的事

是那个人，不再给春天的机会——

在 C-167 号建筑的前屋，我曾仔细查看每一根根齐齐被斩断的藤蔓。叶子鲜嫩，枝头蓬乱。等了一季的花，就要到了高潮。

而它，忽然就戛然而止。

空气凝固。

我想，在春天里，这对于每一朵花，都是件顶残酷的事。

很长时间里，我就站在那些僵硬的藤前，看着一藤就要开了的花。花骨朵，已经呈毛笔头状了。多憋屈啊，在这个春天，它们愣是没等到这一季的花开。

我仔细地看着每一条藤干在离伤口一指长的地方，都有一截分明的界限。界限这边是枯，那边是润。

一条条界限，分明；一把把枯与润，分明。

它们仿佛在动。

它们，让我想到游走在烟草里的火。

我看着那条界线以上湿润的地方。那里枝叶鲜亮，似乎还藏着期待和欢乐。似乎，那里还在为筹备着一季盛宴忙活着。

它们亢奋。

它们向着枝头涌动。

它们向着展向四方的叶片涌动。

它们在刺激花蒂。

花期，春信，传了一遍又一遍。它们是倒数第二批信使。在它们之后，就是这个春天，永恒或刹那的盛放。

所以，它们在藤茎中疯跑。

所以，它们不管不顾，义无反顾。

所以，它们看不到身后有火追来。

再者，它们前方还有路。而且，是很长的一段路。

所以，它们只管赶路。

所以，它们也无暇考虑身后的事。

它们看不到向上蹿的火苗，听不到火在迅速地耗干身后每寸藤茎里的每一滴水分。

它们看不到这些藤茎的末端，骨已经先于皮开裂。它们听不到一些风，已经吹进骨头。

它们亢奋，春之乐章已经倒计时。

它们亢奋，鼓乐已经齐奏。

它们亢奋，一些风已经成为火的帮手。

它们亢奋，所有注意力，所有热情，所有的所有，都给予了等待。

它们亢奋，身后的火苗已经无声袭来。

在这场盛宴将始之前，整个藤蔓都是安静的；在这场盛宴将尽之时，整个藤蔓，也都是安静的。

等到那些花骨朵，干枯到可以被风吹落的时候。

我才听到，它们发出的第一声声响。

我看到了这株藤蔓植物，枯萎的整个过程。

当我看到那一朵枯萎的花骨朵时，我想起，早在春天之前，它就已经被人惦记着了。

它那时伏在 C-167 号建筑前屋屋顶，是那样的招摇，不能忽视。我还想起，C-167 号建筑被封住的砖墙，是在什么时候被一脚踹开的。

还想起它身下的泥土，在什么时候被人翻起的。我想起，那一天我的日记里，画了一坨杂乱的根须。

而在现实中，这些根须是在一整个冬天里，一直裸露着的。

我为这些裸露在外的根须，盖过土。

没有铁锹，没有尖锐的铁具。我就用一双手，抠着被冬天冻得坚硬的土块，与土块与土块之间紧紧咬合的冰碴子，角力，撕扯。

它们一环咬着一环，背后是一个冬天的意志。我的双手，没有足够的热量，无法与之抗衡。

最后，我跌坐在冬天里。

D 字开头的建筑

5 字开头的建筑，或张祠堂

我原是有机会采访到张祠堂的主人的。我要来了号码，拨通了号码，最后却因为自己糟糕的沟通能力，支支吾吾，没把该说的话说完，惹恼了电话那端的人。不得不说，我太过于激动了。很多话想问，想说，可当它们一股脑地涌出来的时候，堵塞了喉管，也堵塞了唯一的由两个电话联通在一起的无线电之路。

我对于张祠堂的了解，一部分来自周边邻居的采访，另一部分则来自对建筑本身的感知。我一个人，反复出入张祠堂每一间屋子。我抚摸着它受伤的额头，依靠在它的墙壁上叹息。

我不敢想象它从前的容貌，当我独自面对它的颓败的时候。

56 号建筑：拔了毛的凤凰

我们在 56 号建筑的背后，谈论 56 号建筑。

那个时候的 56 号建筑，背后和左侧被砖瓦围堵着。堆隆而起的砖瓦成丘，它们无意间抬高了我们的身体和视野。

也让 56 号建筑，在视觉上失去了从前的高大和威严。

我们的额头和 56 号的屋脊齐平。

我们的视线，可以轻松跃过56号的屋顶，可以清晰地看见56号屋顶上的每一处破损地方，以及每一处破损的地方如疮如癞的泥土。

56号建筑，在我们面前，已经无暇遮蔽，羞耻外露。

我们的话题，从56号建筑的四周说起。

我对面的这位年轻有为、意气风发的片区拆迁负责人，先是用最简单的语言，让我们脚底下的这些砖瓦，重新站立起来，连缀起来。

这儿是鸽子房，那儿是另外两户人家。这儿是过道，那儿是夹缝。电线的走向如何，人家的院墙如何，背阴地的草势，沁水的墙角，等等。

他对我说，56号建筑的主人，属于最早签字走人的那一批。这一批人有一个共用的特征：不主动，也没有什么不舍；不抗拒，也没有费心地讨价还价。

他们属于"和谐征收，群众满意"的正面例子。

随后，他对我说起了这些建筑将来的模样。

在56号建筑的背面，他潇洒地随手一指，就近把56号建筑作为例子，对我说，不远的将来，它们将进行大规模的修葺。

首先是屋顶。它的屋顶将全部掀掉。这些嵌在56号屋顶的小青瓦，将被一块一块揭掉。那些作为黏合剂的泥土，以及泥土之下的方砖，也将一点一点被清理掉。

老瓦要重换新瓦，泥土要重换成黏合度更好的混凝土。56号建筑的墙面，风化严重，可能需要特殊的处理。漏的补，歪的修。但56号实在严重，那只能砸掉一部分，重砌。没有老砖，填新砖。

屋内的大梁和椽子还好，可能不用大动，但会打上钉子，重新固定。门窗太老了，会砸掉，重新更换统一的门窗。

"56号建筑将迎来一次较大的手术。"

而经过一场大手术之后，56号建筑将焕然一新。

这儿，这儿，还有那儿，这儿一片，都将焕然一新。干净的，舒适的。统一的门窗，统一的颜色，统一的新。新的商店，新的娱乐器材，新的公共卫生间，新的路灯、地灯，新的植被，新的……

他说的时候，唾沫横飞，意气风发，手上带足了手势，很有魅力。

而我总在恍惚，在不安。

首先，在56号建筑的背后，我们的交谈总让我产生错觉。我总觉得，我们像是在一位孱弱的病人身后，细致地谈论着，描绘着即将到来的手术台上的细节。

当我们说起处理、砸掉钉子的时候，仿佛在病人的背后说起手术刀、手术刀的切口以及哪些器官将被摘除。然后，是哪些新。当56号建筑剔除那些最有年代感的部分后，焕然一新，脱胎换骨的56号建筑，会不会像那位摘去王冠与庶民同浴的国王？会不会像那只汰尽包浆的茶壶，变得一钱不值？

修葺之后的56号建筑，是一只拔了毛的凤凰。

它还是56号吗？

58号建筑：荒凉地搁浅

58号建筑的屋顶没有一片瓦，梁上只疏舒朗朗地搭着数块三合板。

快正午的时候，光从右边来，顺着大梁左边闪出来的一道口子切下。一瞬间，光线齐聚在切口处，莹白，刺眼，仿佛有金属切割的火花。

很显然，58号建筑正在经历着一次大规模的翻修。而不巧的是，这次翻修，被突如其来的搬迁中断了。

中断翻修的58号建筑，只能以不完整的面目示人。

当然，这不完整的面目背后，中断的不仅仅是形式上的翻修，更重要的是内容上：对58号建筑的热情和爱意的迅速冷却。

那个曾经决意要对58号建筑进行翻修改造的人，忽然间，对它失去了所有的热情和爱意。

这场景，就像一个摇摆不定的公子哥，前一秒钟对你倾江倒海，后一秒钟却因为另一个女人出现，而迅速移情别恋。

在搬迁面前，58号建筑显得不那么重要了。

对58号建筑的翻修，也失去了所有的意义。

虽然精心地翻修、修饰，说不定会为即将到来的讨价还价环节加些筹码，但这种曾经的热情和爱情，一旦变成一种前期的投入，这些人力、物力不再是以热情爱意，而是以金钱数字来衡量换算，人们开始有了取舍。

热情会退，爱意会减，好瓜、烂瓜一箩筐，寻个折中价，该多少是多少——人们已经懒得费心思了。

需要说明的是，那些三合板的摆放，并不草率、敷衍。

虽然衣不蔽体，但重要的位置都被费心地遮挡着。而且，不用你细心地观察，你就能看到大门右上方，留足了一扇天窗的位置。四四方方，端端正正。

你能想象得到，在高处，这些三合板在不同的手上接过。

能想到，在这间屋子里，这扇天窗的位置，曾有一双仰望的眼睛，一只高举的手指，一声声轻缓的话语。

他正在自己的屋子里，精心地，小心翼翼地，安排着，规划着。当那些三合板按着他的意思安放落定时，他必定得意非凡。

他是一点点看着这栋房子渐渐地接近自己的意愿和想法的。

为了这栋房子，他投入了很多的时间和精力：预想，设计，找工人，联系砖瓦，亲自监工，随时纠正……他特别想达成最初的意愿，他的态度坚定而决绝。

而最后，他背叛了自己。

让那些曾经的热情和爱意，荒凉地搁浅，凝固成了光的切口、屋子的疤痕。

57 号建筑：一场灾难

灾难，并不是直接找到 57 号建筑的。

当 DOOSAN 韩国斗山，绕过 56 号建筑，完美抵达那栋低矮的破旧的鸽子房的时候，灾难瞒过了所有人的视线，紧随其后，悄然而来。

那时的韩国斗山，已经完全处于兴奋的状态。奔突，叫嚣，一触即发，势不可挡。它的臂膀已经完全抬起，那栋破旧的鸽子房已经束手就擒，听天由命。

鸽子房，几乎是一拳毙命的，毫无抵抗。

当韩国斗山的铁拳，轻松挑烂它松散的围墙时，它整个身子都处在剧烈的摇晃中。它在韩国斗山的锐势攻击下，摇摇欲坠，颤颤巍巍。

这个时候，连我这个门外汉都知道：此时，无须再在鸽子房身上，浪费第二拳的油钱。只需顺着刚刚撕开的那道口子，横切一通，它便会瞬间倒塌。

牛刀杀鸡。

干净利索。

任何挣扎，都显得多余。

任何犹豫和迟疑，都显得多余。

可以说，要不是最后收拳的时候过于兴奋，得意忘形，疏忽大意，一不小心甩进了57号建筑的屋顶，这真算是一场几近完美的执行操作：完美的切入点选择，完美的横切幅度，完美的游刃力道。

执行决绝，操作稳健，一气呵成。

当那些被白石灰、水泥浆粉饰过头的墙面红砖毕现，那些被墙体、楼板分割封闭的空间豁然开朗，所有倒塌的大片砖瓦，瞬间变得柔软听话：整齐下坠，粉尘微起，齐声落地。

这个三个连贯的画面，如此漂亮、利落，就像人们在观看央视转播中国队双人跳水时，瞬间切近的那段入水画面：入水齐，水花小，声响近无。

不用说，这一场几近于艺术、超越技术的机械操作，让在场的所有人，都处在一个兴奋的状态。

那一刻的场面，一如转播的电视画面：运动员、教练员、解说员、现场观众、电视观众以及所有看到那场完美表演的人，都沸腾了。裁判和裁判的分数也沸腾了——给出比赛进行以来的第一个满分。

大家都兴奋得忘形。没有谁会想到，灾难会在鸽子房的完美倒下后，忽然直奔57号建筑而去。更没想到的是，这场原本属于意外降临的灾难，却有着蓄谋已久般的表征：目标坚定，抵达迅速，直击要害。

这是一场意外，或乐极生悲，出乎所有人的预料。

当57号建筑发出厉声的嘶叫时，所有人瞬间僵化，呆住。一切都来不及了。57号建筑的屋顶，已经瞬间塌去了四分之一。屋顶上一片片如鳞的瓦片，已经稀稀落落而下，上一片砸着下一片，下一片砸向上一片。声音清晰、持续、尖刻着，带着锋刃，狠狠地凿着所有人的耳膜。

这栋自晚清穿越时间，抵御了百年风霜的老房子，这栋拥有着厚实而坚固的外墙、科学而完美的梁柱结构的老房子，在承受灾难之后，依旧固若磐石，无惧岁月。

57号建筑，并不像鸽子房那样，不堪一击。这同样，出乎所有人的预料。

但那伤，那缺了四分之一的脑袋，让人不寒而栗。

59 号建筑：日子是另一条疯狗

很显然，59 号建筑的侧门，侧卧的前窗，是后开的。这些原本已经衰败不堪的墙面，又曾持续地遭受着利器的浅凿深击。

相比时间的攻击，人与人的生活，对 59 号建筑的摧残更甚——

门楣上的斧印，梁上的刀痕，立面表层的水泥，还有正脸上额处强行凿进的钢筋、水泥以及两根一尺见方的石板。

那些细小的疤痕，被铁锤、钢钻撕成了一个个口子，然后被强行塞入沙石、泥土、砖块、木头、木塞、铁钉、螺丝钉。

在这些口子里，厚实的墙面硬生生地开出了一道门洞。窄窄的门洞，硬生生地架起了一块遮阳棚。遮阳棚下是钉子和铁片固定的灯座，灯座下的电线，依然由钉子和铁片固定。如蜈蚣百足，拆去针线，遗留下的疤痕一样顺着门额歪歪扭扭地爬向屋内。妥妥当当，服服帖帖。

日子，要显得明亮，除了开灯，还要开窗户。

窗户要开得大些，这就得多动几下榔锤。若要考虑到防盗，可能还要在窗台上再竖几根钢筋。这样，除了榔锤，还得动用电钻和切割机。

要是电钻、切割机无法完成作业，无法达到最初的预想，那只能再用榔锤再多动几下，在平整的墙面上，粗暴地砸个大窟窿。

接下来的工作，是在空荡的窟窿里，强行加入窗户的尺寸和人的想法，比如位置，比如形状，比如材质。然后，是缝纫、修补，用瓦刀、水泥、碎砖、碎石，把那个新鲜的墙洞、新鲜的创伤，依着原样补上。

原来的木门，也得换。

换新门，要拆旧门。旧门拆下之后，原本配套的海窝子，已经无用，只能砸掉。墙面要嵌入新的门套、顶梁板和立柱。老式的门与墙面不粘连，墙面根本没有孔眼和木楔。这种情况下，只能动用冲击钻。

钻完了洞，依着流程，还要砸上木楔。然后，才是把门套立起来，用气枪气钉固定。固定之后，不平的地方，要用上膨胀胶、玻璃胶……

当你站在59号建筑面前，你能清晰地看到那些被人和人的日子的爪牙，狠抓撕咬的新伤旧痕。

如果说，时间是一条疯狗，那日子则是另一条疯狗。而且，日子的爪牙比时间的更锋利、更凶猛，伤害来得更勤、更烈。

59号建筑，已经伤痕累累，遍体鳞伤。

59号建筑，和新盛街其他老建筑一样，是一个奇怪的时间组合体。它表面的青砖青瓦指向晚清；内墙表层里的稻糠麦麸，指向上个世纪七八十年代；室内的地板与残留的装潢痕迹，指向上个世纪八九十年代；室外的网制门帘、网状纱窗，指向新世纪初；而依墙而建的水泥楼梯以及顺着楼梯可拾阶抵达的那两层新建的粗糙的违章建筑，则指向新近两三年。

在59号建筑身上，你能看见近一个世纪的时间进程。

这些时间，因人的意志而转移，被原始的斧头、榔头、羊角锤以及现代新型工具电钻、气枪、切割机，强行附加在建筑的身体内外。

这些沉重的时间，被人为打碎、牵引，呈零散的状态。有的杂乱，拼接，各居一方；有的堆叠，重复，此长彼消。它们，代表着人的意志，莽莽撞撞地来，理直气壮地啃食，寄生在59号建筑的母体上。

第五章

废墟之上

废墟之上

一、一棵树的挽留

我能想象出，那是一棵树，对一堵墙、一段日子的最后努力和最后的挽留。

当它所有的手，都用来遮风挡雨、承荫蔽户；所有的脚趾，都用来抓牢、站立与挽留。

情急之下，它又毅然决然地撕破了自己的胸膛。

在一颗心的位置，敞开出了一道伤口，像两片厚厚的嘴唇。

它用尽了全力，生生地，咬下了那堵墙和那段日子的衣角。

风微树平。

墙倒了，砖瓦犹在。日子破了，不知所终。

作为一棵树，它依旧站立，表面平静。只是不知道，以后再为谁遮风挡雨、承荫蔽户。它开膛破肚的侧面，紧咬牙关的模样，定格着，像一件雕塑，一个意象。名字可以叫：抓牢。或者：站立。或者：挽留。

很长一段时间里，我无法忘记这棵树。它出现在床头枕上，每一个黎明黄昏。

它一直照耀着我贫瘠的内心。尤其是当我拿着笔、笔记本、录音笔、手机，出现在新盛街的时候——

它在最高处，看着我，指引着我。

它知道所有过往，却又总是沉默不语。

我常想起这棵树，我想它站在荒野，站在高山，站在深谷，站在村落。

想它背后一切的雾雨雷电，鸟兽虫介。它站在那里，很久很久，活到了一定的岁数，避免了一切的刀砍斧凿，大不敬。

它不会像它的子孙那样成为平凡日子的奴隶，变成两只假手的平板车，四只假腿的桌椅板凳，它会一直站着，成为自己。

在人间，它早已不再是一棵树。它被神化。它的根连着村庄、城市的心脏，枝叶指向村庄、城市和所有人的明天和未来。

它的身下，会有牺牲、水果、鲜花、香火和膜拜。它的面前，充斥着消灾、免祸、转运、祈愿和祝福。

它庇佑一方。

它知过去，晓未来，无所不知。

它是很多人的信仰，是几代人的神灵。

它的枯荣，跟一些人的命运有关。它上方所有的风雨雷电，都跟人们现世的日子有关。很多人对着它，虔诚地撕掉自己的假面，吐露自己的真相。又有很多人对着它，忏悔，求得原谅，求得指引。

它站在那儿，枝叶伸向四方，给无数人指引着不同的路。

它知道这一代人的所有秘密，也知道上一代人，上上一代人的秘密。它知道城市的从前，知道哪些只剩下名字，安放在县志里的每一栋建筑的原址，每一条河流的古道。

　　它知道很多，但沉默不语。

　　它沉默不语，却又一直在高处，看着我，指引着我。当我出现在新盛街的时候。

二、石板下的水流声

　　化雪的时候，我听见石板下有水流的声响，幽咽着的，遮掩着的，蹑手蹑脚的，像落在黑暗里的鼠爪。

　　它在地下游走，时而迟疑，像一次等待，一场确认；时而又决绝，迅速，像一次遗忘，一场不辞而别。

　　生动，蔓延。

　　有一次，至少有一次，我听到了它，结实而清晰地敲击了一下生活的暗壁，发出了一句日子的呓语。

　　我很熟悉那种日子的话语。它有着蔬果、稻米的新鲜气息，混合着碟子、碗、筷相互触碰的声响，夹杂着衣裳被单上的残留的人体温度。

　　它不是一个声音、一种声音，也不只是一场对话、两场对话，而是一团声响——不同的声音，来自不同的方位、不同的时空，有着不司的指向、不同的含义。它们，各自发声，各成语句，鸡同鸭讲，对牛弹琴，自说自话。一如早间的菜市场，正午的饭馆，晚间的夜市，那样嘈杂不绝，那样零碎而丰富。

它们从不同的时间赶来，拥有的不同的速度和声响。而那些速度和声响，与那些屋檐下紧密排列着的鲜活日子有关，与日子里人们具体而细致的生活有关。

地上生活，肥甘油腻，它亦肥甘油腻；地上生活，清贫素淡，它亦清贫素淡；地上生活胡吃海塞，它亦胡吃海塞；地上生活细嚼慢咽，它亦细嚼慢咽。

地上生活，激流勇进，生生不息，生龙活虎，它也一定是：激流勇进，生生不息，生龙活虎；地上生活，细水长流，强本节用，平淡无奇，它也一定是：细水长流，强本节用，平淡无奇。

地上生活，织网密布，街连着街，巷串着巷，户挨着户；它亦织网密布，街连着街，巷串着巷，户挨着户。

它，还拥有与地上生活同样的作息。一天之中，三餐的时间段，最为忙碌；其次，是黎明，午后，前半夜；午夜时分与后半夜，则最为安静。那时，人们休息安顿，关闭了所有灯光；它亦休息安顿，关闭了所有的声响。

它们的源头，是地上的生活，是那些屋檐下紧密排列着的鲜活日子。不同的日子，在地上相互撞击，融合。日子的碎片、残余、气味、气息，在地下继续撞击，融合。

人们在日子里浅唱低吟，穿街走巷，直达日子的神经末梢。它们在地下，一样浅唱低吟，穿街走巷，直达日子的神经末梢。

我在新盛街听到过很多动听的声响：黄昏蝉歇，夜色虫鸣，笼鸟恰啼，巷口人语；火炉生烟，风过帘动，墙草簌簌，青石落雨；等等。其中，还有一段是由它们发出来的。那时，建筑都还完整，人们的日子还没有破碎，老人用纯正的宿迁话交谈。

他们，门对着门，脸对着脸，坐在自家的门槛边，扇着老蒲扇。天渐渐就黑了，所有的星子都窜出来了。巷子里除了老人的扇底风，还有孩子的逐笑声、女人的高跟鞋笃笃声、男人吸烟吐痰声。声音，在巷子里流动、漂浮，浮浮沉沉。

当所有的声音丢失之后，它的声音开始显现。起初，像人声和日子的回音，悠远的，渐渐清晰着，从墙里蹑手蹑脚地爬出来，从石头里不紧不慢地冒出来，从夜的黑色里一点一点分娩出来，幽魅，空旷，梦幻。它有脚，有模样。

它在流动，在试探，在消融，又在生长。像是在交谈，在确认，在组合，在汇聚。经过了我，然后又远离了我。声音，陡然开到最大，然后渐次回落，树干、树枝、树根、根须一样，伸向远方，伸向未知，伸向神秘，同时感受的形状是越来越纤细，细若发丝、游丝。最后，声响渐无，但却依然存在，像潜藏地下的树根、草须，吮水啜饮，润物无声。

新盛街的石板，原是青石的，青砖的青，青瓦的青，一块一块，厚实，朴素。后来，换成了水泥地，一方一方，规整，廉价。青石的去向，无从考证。我在新盛街采访的时候，倒听到一种说法，但不敢确认：它们全部都被征用，垫运河了。

三、悬在风里的钥匙

一把钥匙，在风里悬着，像鱼一样不寐。

那时，我已经开遍了陇西堂所有的门，所有的窗。我在寻找一把锁，一把与钥匙匹配的锁。

可是，令人伤感的是，偌大的陇西堂，四五个大间，六七个小间，却找不到一把锁。不仅没有锁，绝大多数的门，连门框、门槛、实门都没有。

它的内部，已经破败不堪了。墙体表面的石灰，脱落斑驳；室内四壁的装潢，污渍流布；房顶的梁椽檩楣，衰朽腐败。

唯一完好无损的是客厅白色的方格地板砖，但由于无人打扫，再加之无门阻拦，外面的垃圾、尘土，已经随风潜入，霸占一室。

搬离之后的陇西堂，墙与墙之间，门与门之间，房屋与房屋之间，由于失去了生活的维系，细节上显得更加没落、不堪。

它让我想起了一些与它庞大而坚实的身躯不相干的词汇，比如：松散、疲沓、空洞。没有人和日子的温润，它的屋檐、走道、房间，生气全无，寒凉坚冷。

我是在西门旁二楼的外墙钉子上，发现那把钥匙的。和它在一起的是晾绳上简易的挂钩，它们锈迹斑斑，外形呈"S"形，一头缠在晾绳上，另一头空无一物。

不知道为什么，我想起了那把锁。

想它是以什么样的方式打开？被刀背砍开，被板凳脚砸开，还是被起子，扳手撬开。或许，更粗暴一些，被石头、砖块、手臂、拳头、身体，一下一下，笨拙地，激烈地，生击硬敲而开。

再或，直截了当，不假思索，大脚一踹。

它，很可能不堪一击，一触即开；也可能有些骨气，得费些周折。但无论怎样，最终的结局，都是被打开。

当它被打开时，它便切断了与钥匙的所有关联，它的锁扣将无法再次咬合，它不再需要一把钥匙，来打开自己。

而这把钥匙，也同时失去了存在的所有价值和意义，它的余生，只有在无尽的等待中，一点点腐坏，消失，自生自灭。

当然，还有一种可能。那就是，那把锁比想象中的要倔强得多。它遍体鳞伤，面目全非，几乎受住了人所有的严刑拷打。

人对它无计可施。于是，人踹倒了大门，让它和门一起倒下。

门，离开了房间，尘屑飞扬。然后，它带着空荡的两翼，去遮挡其他的事物——大地，院墙，道路，砖头，狗窝，鸡架。

这个时候的锁，依然在门上，像门的一个盘扣或隆起的疙瘩。

它的模样，一如往昔，牙关紧咬，铁骨铮铮。它的态度，一如从前，忠于职守，继续守护着房屋，继续等待着一把钥匙的叫醒。

隔着一道板，它不会知道置身何处。

它不会知道它背面，不再是，它最初的守候。

但它依然保持倔强，不为所动。它自我着。只要，没有谁去打开它、叫醒它，它将一直这样。

四、屋顶上吹着运河里的风

风，把地上雨水，赶向一株凤尾蕨。

雨水，顺着凤尾蕨裸露墙外的根须，一点一点吃进，吹气球一样，直到把它塞得饱饱胀胀。

我见过雨后的凤尾蕨，鲜亮，精神。

除了凤尾蕨，风还把就近的雨水赶向墙壁、枯木、石头、电线杆、门槛以及所有干燥的，它能够得着的物品。

风还会把雨水，朝天上赶，赶向一棵树——这是一场风做过的最有想象力的事。

如果说，新盛街的雨水，所能停留的最低地方，是那些凤尾蕨的羽齿；那么，它们所能停留的最高地方，是那些树的顶端。

如果说，那一株株凤尾蕨，是一方方生机的池塘；那么，一棵棵树木，则是一条条挺立的河流。

那些地上的雨水，在树里借助风的力量奔跑，从数不清的根须出发，奔向同样数不清的枝叶。它们在不同的路途中左冲，右突，涌动，前行，吱吱有声。每一节枝干，每一片叶子，在雨水的奔流中，备受鼓动，悄然扩张，不断延展。

从元朝开始，小城的上空，就吹着运河里的风。一刻明一刻清地吹，一遍一遍，不厌其烦，不曾停止。

从一棵树到另一棵树，从一栋老房子到另一栋老房子，从一代人到另一代人。风，在重复自己的脚步，也在温故自己的故事。

太多的风，在时光里卷涌。从遥远的地方走来，奔向更遥远的地方。

为了不让自己迷路，它得不断地培植着自己的时间参照物。

人，记性太差，记一漏万，不是最佳的选择。人类的文字、纸笔、树立的石碑，倒是可以长久些。但人性嬗变。文字、石碑，删改、涂抹、曲解的事，历代有之，层出不穷，并不那么不可靠。

最后，它选择了那些老实、不嬗变的树和建筑。

那些树和建筑，是风安插在大地上的旗帜。有了这些旗帜，风便可以记住自己的每一段经历。

它可以从明朝的古树下，翻检出明朝的故事；可以从清朝、民国的屋檐下，复制清朝、民国的记忆。

就像一只顽皮的鼠子，把前年家里的稻谷藏在了墙角，把去年的玉米藏在了梁上，又把今年新收的花生藏在了衣柜一样。在漫长的路途中，风，在小城的不同方位、不同地方，埋藏了很多故事。

你不知道在小城的各个角落里，风藏了多少故事。

但就像你在墙角、梁上、衣柜，撞见那些稻谷、玉米和花生时，你会瞬间回忆起，这是前年的稻谷、去年的玉米、今年的花生一样——所有的故事，都会有自己的细节，都会有自己的模样。

你顺着那些稻谷、玉米，会想到它们背后所有的汗水、辛劳，会想起那时的节令、气候，会想起它们在节令与气候中的青与黄、荣与枯。

而在它们青黄之间、荣枯之际，你还会想到那一年中的自己，那一年中的生活、感悟、接受与舍弃。你想到了那一年中，你做了什么有趣的事、什么重要的事或什么无关紧要的事。

然后，拔出萝卜带出泥。

那一年里，更多的事情，那些早已堆垒在一起的事情，一件件在细节之处，开始一点点松动。太多的记忆，开始回流，决堤。

逆流而上或翻滚而至。

那样的感觉，很奇妙，像是谁把一段往事还给了你。你毫无准备地撞见了一段丢失了的旧时光。

在新盛街，运河的风一遍一遍地是把新盛街的往事还给新盛街。

它，在屋顶上方吟唱，带着旧时的腔调，旧时的气息。

有一次，我站在新盛街的高处，看着那些层层叠叠、不曾变更的青砖青瓦，看着那些老树拥有着比建筑还要深沉的肤色。有一刹那，我真的看到某片瓦的下方藏着的青灯梦影，看到旧年轮里封存的岁月——

伴着旧时的风，那里的隔扇门前，还有诵经的身影；实木长桌上，还是规整的纸砚；线装书里，还躺着端正的小楷……

风，让那灯火跳动着，让那影子倾斜着，让那纸张窸窸窣窣着。

不同时代的人，不同时代的装束，忽然齐聚在同一个屋檐下。他们一同把头探进风里，被同样的风吹着，思考着同样陈旧得不再新鲜的事情……

火不曾灭，风曾不息。

狗把一道门

一条狗做到这个分上，也算仁义了。

整个院子，就剩下一道门。后院的墙壁，已经打通。院内，无遮无拦。院北两栋比肩并立的小楼，顶漏，墙倒，砖瓦满室。紧邻的老建筑，门窗紧闭，人去屋空。

荒草淹没。

身后，已没什么可守。

眼前只摆着一道门。或者说，给它留下的，只是一道门。

从身后看它，它并不强壮，矮矮的，瘦瘦的，趴在地上。旁边是铝制的狗食盆，空空，饿得发亮。盆侧，是一块吃透油渍的泥地，此时，正被寸寸刨起。

它，饿得发癫。

可一旦有人从门缝闪过，它又全身紧绷，肋骨毕现：前蹄伸直，后腿纵起，仰首，挺胸，尾巴如剑鞘上扬。

它，记着那道门。

从声势上来说，这绝对是个厉害的角色。不惜力，肯发狠。尤其是那声音，尖，带锋，带钩，带馋，恶扑扑的。

可以说，长久的饥饿，并没有削减它从前的锐气。而且，不仅没有，反而越发拔出了它声音里的那些凶气、狠气、恶气和怨气。

总之，那声音让人不寒而栗。

有一回，我从后院进来，见识到它的那股狠劲。那时我先是在它身后不足五米的地方，看着它对着门缝外的人发狠。后来，干脆就倚在老建筑的门边看着它。

它的毛色暗黄，脖子上套着项圈，项圈底部坠着指粗的一条链子。链子不长，另一端扣在墙壁背阴地裸露的自来水管上。自来水水管与水龙头连接处锈迹斑斑，水从其间缓慢地、不作声响地流出。

可能是它昂首挺胸的缘故，从后面看，它前高后低，身材比门缝里看到的要矮小得多。窄窄的肚子，瘦瘦的屁股，后腿在用劲的时候，还会间歇性地打战。

而且，最重要的是，那吠声远没有在门外听得那样骇人——我在后面感受得真切，一度猜想可能是门楼的缘故——门楼空旷，在无形间充当了扩音器的功能，夸张了吠声的音量和饱满度。

不得不说的是，从它背后的声音和身材来看，它是有点可疑的，让我觉得，有点扮猪吃虎的嫌疑。

但从门外看，它是另一副模样。它不断地向前扑，那动作，叫人害怕。而且，从门外能听到，整个院子里都在晃荡着铁链撞击自来水管的声音，整个院子都闪烁着恶扑向前的动作。

它不顾一切地向前扑，射出去的头颅，不断地被紧绷着的铁链反作用力弹回来。一瞬间，口水凌空，光光亮亮。

对出现在门缝的那些人，它直截了当，没有废话，就直直扑过去。跳过了一切声明、严正声明、最后声明、警告、严正警告、最后通告。

它眼里，只有那一扇门。那道门，不可侵犯。

应该说，作为一条狗，它是忠义的。它只有眼前的事，没有"身后的事"：房间里的事，院子里的事，杂草深处的事，自己的事，还有狗食盆里的事，都没有。它管不了这么多。

一天里，它除了发狠守门，其余的活计是在刨土。刨土可以视作一场娱乐，休闲，打发时间。也可认为是自食其力，为了迫不得已的口腹。

因为，我看到，它吞食那些土。

那些带着油渍的土，乌黑，油亮。

但土的味道似乎并不好。它在吃那些土的时候，总是先长时间掂量着，用前蹄，在土块上反复地划过，翻阅，犁碎。一道道，一遍遍，若有所思。

我曾细细地打量这个院子。受链子牵制，它能到的地方，它可以选择的范围内，比土好下嘴的东西真不多。

吃土，可能是一场"有所选择"——

铁链，石头，裸露的自来水管，铜色暗淡的水龙头，锈迹斑斑的铁桶，陶制的海碗，寒光带刃的玻璃碎片，破烂褪色的塑料舀子。这些物品，要么是硬疙瘩，要么是软刀子。若说压饿，真压饿。只是，无从下口。

不说别的，就说那只最软的业已破烂的塑料舀子，都带着锯齿一样的侧脸。盲目地一口扎下去，费血的。

老宅的砖倒是比较温和，方方正正，不扎嘴。而且，风化得挺严重。啃上一口，最外层该是酥酥的。不管味道如何，口感倒是复合、有层次的。还有，老宅砖缝隙里面，灌的都是糯米的汁液。连着砖屑啃下去，蘸着唾液，细嚼，慢嚼；然后把它们长久含在口腔里，泡在唾液里，让唾液不断稀释它，让舌头不断地翻滚它，说不定还能还尝到密封百年的米香。

米香从来馥郁，哪怕一丝一缕，在寡淡多时的口腔里，必然是顶着的，激荡着的。那将是一场不小的惊艳和奢侈。

老宅的门柱，也不错。

顺着底面腐化的地方下嘴，一层层地撕扯，剥离。视觉上，有吃肉的快感：木屑从木头上连皮带肉一层一层分离，丝状的，带状的，犹如肉丝从肉块表面一丝丝分离。丝丝分明，层层叠叠。还有，木头的颜色，似乎也不坏。至少，比那些黑不溜秋的铁、脏兮兮的石头、明晃晃带刃的玻璃碎片、黄不拉几的塑料，还有那些乌青青的墙砖，看着有食欲些。

最后，是那道门。

不得不说，那道门，是下口的最佳选择。首先，它经风历雨，里外都松动，下口处比门柱好找；其次，那道门是榆木的，榆木本身自带香气，而且木头的香气比砖缝里的米香更浓郁，也容易出香；再者，门板的外表腐化，门板的里层并没有完全腐化，吃起来也比风化的砖头有口感。软不是特别软，硬又不是特别硬，软硬适口。你把它想象成晾晒在通风口的腊肉，完全可以。

它，该吃那道门。

门里，也没什么。它挡在那里，其实，早已失去了门的意义。就现在来说，它不是门，不算门，只是两片木板，两片久放通风处沾满风雨的木板。它形同虚设，放错了地方，早该被卸下，被火烧掉，或者说被火吃掉。

它，没有理由不被吃掉。

门上的门牌号早已被取下，门外的锁也早已被敲掉。两块木头片，只是从里面用木棍别住而已。在我的眼里，这多像一场欺骗——先是在它的眼皮底下把家里所有的东西搬走，然后，又关上空空的院落，人从后院离开，给狗制造一次归家、闭门不出的假象。

它，该吃掉那扇门。

那扇门，从外面推不开。盼不会来那些熟悉的影子。而那些不熟悉的影子，像我一样的人，早已看清了它身后的事：房间里的事，院子里的事，杂草深处的事，它的事，还有狗食盆里的事。

后院早已敞开。

荒草没膝。

我们沿着倒伏在地的草径，长驱直入。

被遗忘的鞋

几乎是，人前脚离开，那些杂草和意杨树苗，后脚便探出了头来。

它们，好像从没真正地离开过。

院子里那块裸露着的土地，仿佛只是暂时租借给人类使用，使用期限一到，便迅速收回到它们自己的脚下。

像客人起身走后，急于整理自己客厅的女主人，院子里的那些杂草和意杨树苗，此刻，正在一刻不停地清理着人类残留下来的气息。

一点一点吞噬掉，人类的边线和秩序。

那些因客人（人类）而凌乱的秩序，几乎是在一瞬间，又重新回到了主人们（那些杂草和意杨树苗）的习惯和意愿上。

它们在自己的领地上，无所顾忌地生长。

那些招摇而茂密的叶片和深色的枝干，仿佛把压抑了几十个春天的生机，一下子全部释放出来。

站在它们对面，你能感受到一种强烈的扑面而来的能量，在院子里横冲直撞。这股能量，像它们的生长一样无所顾忌。

那些杂草柔软而锋利的头颅，刺破那块油腻、肮脏的抹布，挑起那面暗淡失色、早已风化的门帘；甚至，已经占领了那件长久地泡在泥水中的棉衣。

它们的根须，伸向院子的每一寸土地，直面那块平坦坚固的水泥路。这些水泥块，铺展，顽固，是附着在大地表面的一层宿垢。

这是一场硬仗。

对峙，硬碰硬，不商量。

每一株直面水泥的杂草，都必须团结一致，竭尽所能。它们要把一部分的根须牢牢扎进泥土，用来站立，供给营养；还要把另一部分的根须，袒露在外，用来寻找水泥路上的那些细微缝隙。

它们个头不均，队形无序，但所有裸露在外的根须，一致如水铺展，流动，汇聚，直至渗入每一条细微缝隙的内部。

直至不分彼此。

它们抱紧成团，根连着根，手挽着手，齐心协力，把那些松动的、表面皲裂的水泥块，齐齐分割，一块一块从大地的肌肤上剔除出去。

那些原本被人类禁锢的泥土，仿佛一瞬间松了口气，挣脱束缚，不再紧绷，亮出本真的肤色。整个院子，也松弛下来，情绪舒缓。泥土在自己的院子里，自由呼吸，焕发生机。

这是一个新的世界。

它由新的秩序和新的规则支配。

新的院子，是敞开的，开放的，向着天空、大地、道路。那些草木，对着天空热情张开手臂的同时，从未遮蔽自己归根的通道。

与此形成对比的是，那扇紧闭的门，连缀着牢固的墙壁，则无疑代表着人类的格局和固陋。这些门、墙壁，是人类留给院落、家园的背影，也是那些离去的人，立在异乡，回望自己院落、自己家园的尽头末路和最大的阻碍。

在新秩序统治下的新院子里，那些土地难以消化的、分解的，或者说，一直以来从未被土地接受过的方便袋、塑料薄膜，将被举得老高——这些人类遗留下的，最不被接受的一群——也遭到院子的新主人们最无情地驱逐。

当然，对于那些草木而言，一只从屋檐上掉落下来的耐克运动鞋，也是可疑的。它不会像雨水那样，被草木和土地立即接受。

它被那株峻拔的泡桐，凌空托起，以便等待着它应有的处置。

它的另一半，则怯生生地悬在半空，无力张望，寸步难行。

这是一双被人类遗忘的鞋。

它们，分隔两处，一样上不着天下不着地，无法再次叩响院子里的泥土，找回那些曾经拥有的印记。

它们被人类的道路遗弃。

对一只鞋而言，你能想象到无路可走、寸步难行的绝望，你能想象出，当你站在院子的一角，放眼望去，却根本找不到一寸插脚的土地的悲伤。

你先是被绝情地放弃了，现在又遭到无情的拒绝。

你已经没有了过去。

你却依然还要在自己的绝望中，目睹着那些残余的、所剩无几的、从前熟悉的依旧还有余温的一切一切，一点一点地消失。

消失殆尽。

钝刀割肉。

无力挽回。

或许，对于一只鞋而言，套在泡桐树身上的这只，是幸运的——因为，至少它还有路可走——只不过，这条路，从横向舒展，变成了竖立延伸；从紧贴着大地，变成了裹挟在空气之中。

是的，它还在路上，还在行走。

它是一只穿在泡桐树身上的鞋。

它的路还很长很长。

它将走得很远很远——随着这株粗壮的意气风发的泡桐树一寸一寸，一点一点，拔高，拔高，越来越高。

越来越高，直到它重新回到被人类遗忘的高度，直到它与安坐在屋檐上的那只，同样被人类遗忘的伙伴，再次相遇。

到那时，久别重逢，无言并肩。不知道在它们的对视里会看到什么？想起什么？从前的那双脚？从前的那个人？（在哪？）从前的那些巷子？从前的那些街道？（又在哪？）它们那时的归处？它们将来的归处？（又在哪？）

……

我知道，这一只穿在泡桐树身上的鞋，很有可能，永远不再踏上人类的道路。

也知道，它从不会忘记自己的真正归属——一只内长27厘米，码数42码半的男鞋。

在很长时间里，它将继续保持着现在的姿势：底朝上，面朝下，歪着嘴，吊着脸。

它的表情夸张，似有痛苦。

它倔强。

身上自始至终都带着强烈的人类气息，即使是腐烂。

它不会染上一丝一毫的草木气息。

这一只穿在泡桐树身上的鞋。属于这只鞋子的路，永远朝着一只鞋子的过去、记忆、归属相反的方向，永远朝着泥土、院落、家园、人类相反的方向。

它每行一寸，都是在背离家园，背离自己。

身不由己，渐行渐远。

鸽　子

　　那两只鸽子，是遗落在瓦砾间的两只白靴子。乘着风，穿上它们，我们就可以回到它们最初离开的地方。

　　当我们把身体和远方交给鸽子，一起在空中盘旋时，那些树木也在做逆时针旋转，一圈，一圈。匀速，加速。像是大地上的一颗颗松解的螺丝钉，一点一点从伤口处，消失于视线。

　　风中没有柔软的事物。

　　在风里，你会看到，大地的伤口，在结痂处，一遍一遍开裂。

　　那些高大的树木，把坚硬的锋芒和粗壮的体魄留给大地，把柔软的臂膀和深情的怀抱留给了天空。

　　在有了风速和气流之后，那些臂膀和怀抱，也变得锋利，变得坚硬无比。每一次旋转，晃动，都不亚于一次成长的痛苦。

　　我的经验告诉我，鸽子，最知道来时的路。它们的每一次停留，都是那么坚定，明确，容不得丝毫犹豫。

　　我曾在草园巷一栋民房二层的位置，看到过两只鸽子。

　　那时的草园巷已经面目全非，我已经无法认出脚下的那栋民房最初的样子，想不起它们最初的主人是谁？

　　我无法把它们当时的模样，和那些只截取了局部、过度体察细节的照片，以及那些流淌在异度空间的人声、风声——采访录音，一一对应起来。

我站在那里，在一个从前无比熟悉的地方，拥有了一个无比陌生的视角。

那两只鸽子，就出现在这个陌生的视角里——

它们在瓦砾之间起飞，在不远的天空不断地盘旋，盘旋，一圈，再一圈，如鱼在水，自由展开的羽翼，像是牛在食槽里舔水的舌头，极柔软、温和。

后来，它们在空中，身子一斜，急转而下，选择降落了。

而降落的地点，竟是它们刚才起飞的位置。

接下来，是它们在瓦砾间长时间地行走，鼓翅。脚步急促，表情错愕。娇小的脑袋，左面点一下，右边看一下，似乎在确认什么，似乎又什么都没有确认。

阳光在它们的前方。两团黑色的影子像是两只锁它们在腿上的实心铁球，在地上被拖行，艰难地，蹭来荡去。

它们从一堆瓦砾走向另一堆瓦砾，兜圈子，重复刚才的路。

最后，它们再一次在同一块砖瓦旁相遇，停留。

再一次，东张西望。相互对望。

一只鸽子耸动脖子，另一只鸽子在瞬间给予回应，也耸动一下脖子。一只木木地看着对方，另一只也同样木木地看着。两只鸽子，像照镜子一样，交耳，点头，言语交流。

过了不长时间，它们选择了再次起飞。

一样的自由，一样的美好。

在天空中盘旋，盘旋，一圈，再一圈，如鱼在水……羽翼在空中的弧线显得极柔软、温和，像牛的舌头在食槽里舔水……

它们再次坚定，急转而下，自信而决绝地降落……

一俯身，却又回到了原点。

陷入了循环。

如此，行走，鼓翅，拖着两团浓黑的影子，如两只沉重的铁球；如此，带着急促的喉音，错愕的表情，脑袋左点、右看；如此，确定，不确定。寻找，再寻找；如此，在分离之后，再次相遇。

它们在瓦砾间，耸动着脖子。又一次，如照镜子一般交耳，点头，言语交流，选择起飞……

反反复复。

像一个人的左右脚，在原地踏着步子。

逃离，逃离不了；挣脱，挣脱不了。

我目不转睛地看着它们，发现它们最后一次回到原点时，有些惊慌失措了。它们在接触地面的瞬间，身子的重心，不由得向前多冲了两步。这突如其来的，比前几次完美的降落多出来的两步，弄得它们羽翼大张，惶恐地叫了一声。

那一刻，我知道：它们迷路了。

而它们也一定知道：自己迷路了。

在新盛街第二次看见鸽子，是灶君庙。那是一只离群的鸽子。

它在封闭的房间里左冲右突，对着房间里一切明亮的地方，玻璃窗、地面、天窗，亮出了自己坚硬的嘴、尖利的双爪。

起起落落，不曾停歇地撞击着。掉落在地上的羽毛，也一刻不曾平息、激起、回旋、升腾、蹁跹，再激起、回旋、升腾、蹁跹。

整间屋子，都是它的嘶吼，闷闷的。隔着玻璃窗，隔着隔扇门的实木裙板，人立在外面听，耳朵仿佛闭气一样，不真实。

我最后一次看见鸽子是在脱脂棉厂。那些鸽子被关在笼子里，宠爱有加，看不见属于自己的天空。

充足而丰富的饲料，让它们十足留恋。

那些丰厚的饲料，入嘴，入胃，变成脂肪在它们的腹部一天一天堆积，使得一只一只鸽子渐渐肥硕得像是一只一只鹌鹑。

它们始终对着靠近笼子的脚步和身影，探头探脑，能在漫长的一天中，理清进食的三个时辰。

在这三个时辰里，它们会发出一种古怪的声音。这种声音，窝在喉咙里，如漱口水持续地被顶在喉咙口，翻涌，涌动。先是一只鸽子开了个头，然后，其他的鸽子，瞬间响应，声音大作。

与此同时，它们的身子不约而同地向前倾，露出厚实的前胸，相互怼，争前恐后，绝不相让。但真当笼子被打开的时候，却又一只只向后撤退。

我注意的那一只鸽子，是在后撤的过程中慢了半拍。它被身边那只壮硕的鸽子，挤出了门外。

我看着它的时候，它也惊恐地看着我。先迟疑着，回头，然后迅速转回，极机警。一双豆眼，扫过来，扫回去。身子向前一倾，踉踉跄跄。

最后，它不得不张开了翅膀，用以保持平衡，才免于摔跤。

我以为它会逃跑，用眼神示意它的主人。

可主人看都不看它一眼，似乎早已见惯不怪。

于是接下来，我看到了这样的一幕：它在地上扇着翅膀，两只爪子来回地倒腾，在院子里绕着圈子滑行，陀螺一样。

它始终像是忘记了什么，一会儿旋转，一会儿又怔住，把身子稳住，掉头，朝着鸽子圈的方向。

我想太阳强烈的光芒，一定让它感到眩晕。鸽子圈与同伴的声音，像是拴在它脚上的线一样，它挣不脱，也从没想过挣脱。

最后，它累了，身体里日积月累堆积的脂肪在那一刻起了作用——不容迟疑地重重地坠向地面……

它圆睁着眼睛，一动不动。

那一刻，翅膀成了它最大的累赘，成了它多余的装饰。

或许是它们从孵出来到长大，从来没有离开过那些笼子和那些饲料。它已经习惯了这样的生活，已经忘了天空和飞翔。或许，是饲养员在鸽子的翅膀上做了手脚，使得它无法飞翔？

我相信是后者。

不然，一只忘记了天空和飞翔的鸽子，我无法接受！

猫，是最后一个离开的

在聋哑厂东面的巷子里，我与一群流离失所的猫相遇。它们或蹲，或趴，或卧，或蜷缩，或翻滚，自适自如。人来了，不走；人去了，不留。

它们，不再追随人的脚步，与人分道扬镳。

猫，或许是新盛街，最后一批离开的动物。

狗，忠诚，只认得人的声音，人去那儿，它们就去哪儿。它们不恋家。而且，对比自己的狗窝，它们似乎更贪恋主人。

金鱼和笼鸟，身不由己，只依赖于自己的水缸海洋和鸟笼天空，它们一辈子也游不出，飞不出那个地方。

而这个地方，人一只手就能把它轻松带走。

鸽子，不认得主人，也有更大的天空和自由。但它们总是被鸽子架的气味和人喂食时发出的声响蛊惑着。人把鸽子架放在三轮车上，对着它"嘁嘁"两声，它们就毫无留恋地离开了。

只有猫，不同。

猫，是带不走的。即使，人在白天趁其不备带着它离去，它也会在夜里选择回家，离开人类。

你不得不承认，猫，从来都不曾是人类的宠物，从来都不曾被人类真正地驯服过。它只是寄居在人类的屋檐下，心里始终有自己的天地和远方。

猫，有猫的世界。

人，通常在白天，遛狗，遛鸟，喂金鱼，喂鸽子，和它们交流，联络感情。但那时，猫却在睡觉。

有时，猫也醒着，在院子里懒散地走着，与人有一句没一句地说两声，但那眼睛大都是游离的，好似梦游。

说出来的话，也如呓语一般——粘连，磕绊。

猫，最真实的生活，在夜里。而这个时候，狗，笼鸟，金鱼，鸽子和人类，却跟说好了似的，一齐选择了睡觉。

应该说，人和猫，活动在不同的时空：黑夜和白天。而黑夜和白天，可能也决定了，猫和人具有了不同的世界认知。

猫有猫的世界。

新盛街，是人的，也是猫的。

人和猫，一样了解新盛街。区别只在于，人，可能更了解新盛街的白天。而猫更了解新盛街的夜晚。

新盛街的白天和夜晚，一直存在着两套秩序——姑且把它称为，白天秩序和夜晚秩序。或者，猫的秩序和人的秩序。

两套秩序，像太阳和月亮一样，独立存在，互不相扰。

我常看到，新盛街的猫，在夜里，翻墙，越院，遛街，串巷，谈恋爱，搞聚会。

它们，在夜里，三五成群地出现在新盛街的各个角落里，彼此说着昨天夜里或者前天夜里没有说完的话，做着昨天夜里或者前天夜里没有做完的事。

在新盛街的夜色之中，猫，是自在的。

出没自由，穿行无阻。

就像人类在白天开辟了，新盛街四通八达的人类通道一样，在夜色之下，猫，也同样开辟了一条条四通八达的，猫的通道。

它们的方向，辐射整个新盛街，和人类的砖瓦、青石拼接出来的小巷和街道一样密织，交错，各有指向。

在每一个漆黑的夜晚，猫们走在了自己的路上，拥有着自己的方向。

猫，从不走人类铺就的道路，即使走，也只是那些人类的道路和猫的通道有重合的部分。那些所谓的小巷和街道，更符合人的意愿、人的审美，也只适合于人类的脚步来行走。它们顽固，刻板。在夜色的掩护下，是人类的秩序的残存。

而在夜里，猫，拒绝着人类的一切秩序。它们在巡视着自己的领地，并将在每一个角落，留下专属于猫的秘密气味。

在新盛街的夜晚，你时常会听到猫的严厉警告声。

它们，从黑暗中迅速窜出来，带着如爪子一样尖锐的叫声。

而那些深一脚浅一脚地，冒冒失失、毫无礼貌地闯入猫领地的夜行者和醉鬼们，则在猫的叫声里，大惊失色，落荒逃跑。

夜里，猫的眼睛越发明亮。它们会用自己的行为、嘶叫，严正地告诉你，谁是真正的主宰者。

它们，分工明确，各司其职。

大多数的时候，在各自的领地和圈子上和谐共处。就像白天，人各自有各自的领地和圈子里和谐共处一样。

说这话，是因为我相信猫是有猫的圈子的。

我常看到刘家的黑猫和张家的花猫在一起闲逛、玩耍，却从没看到它们和蔡家的白猫相视一眼。

但让我感兴趣的是，新盛街的猫，是如何划分地盘的？那么多的猫，是如何做到井水不犯河水，相安无事的？

选择在夜里睡觉的我，虽然不会懂得猫是如何划分地盘的，但我知道，猫常常会在夜里决斗。

而我认为，那决斗，很有可能跟地盘有关——

一只猫和另一猫，一群猫和另一群猫，公平对战，各显本领，它们在黑暗中露出各自最尖锐的爪子。

那些爪子，弯而尖锐，鱼钩一样，可以轻松刺破皮表，抵达血肉。

有几天，刘家的猫，时常在水缸边假睡，它一面半眯着眼，假装睡去，一面却有意无意地，在粗粝的水缸表面磨着自己的爪子。

声音，沙沙的，极快。

快得像是在掩饰什么，但我还是听到了。我暗暗地听，暗暗地观察，没有打扰它。因为，我确定，那样的掩饰背后，一定藏着件惊心动魄的大事。

那天夜里，我躺在床上，没有立即睡去。我在等待它们的嘶喊。

时间一点一点过去，巷子越来越安静。凉月微动，风过墙角，拖着树叶走，沙沙地，能听到下水道的水贴着地面流。

月黑风高，夜都凉了。

十二点左右，果不其然，我听到巷子东头，传来了两只猫的交战声。

这声音，经过窄窄的巷子的夸张、变形，听起来像藏在黑云中的两滚雷，极沉闷，紧张。能想象得出两只猫，头顶乌云，张目决眦，发怒冲冠。

与此同时，两滚雷，相互碰撞，死磕，嘶喊声划过黑夜，如闪电一样明亮。

伴随它们交战的是那些上了年纪整夜失眠的人，他们在自己的床头和我一样听着它们的交战。不同的是，我越听越兴奋，他们是越听越气愤。

他们辗转反侧，对着空气骂骂咧咧，声音很难听。

可是他们越是想迅速睡下，那猫的声音，就越发明亮。他们听不出是两只猫在交战，那样的声响，只会让他们觉得整个新盛街的猫都在撕咬。

于是他们，忍无可忍，推开了窗户，对着暗夜里的发声地，扔出了自己的鞋子。

声音停顿了。

他们心满意足了，转身，弯腰，坐下，平躺。可刚一挨着被子，声音，又续上了。他们不知道，这一架打不完，不分个胜负，猫，是不会消停的。

只能让它们打。

你得明白，夜色里有一个不同于白天的秩序存在，有一个不同于白天的主宰者存在。夜晚的新盛街，是猫的。

技穷的人，无可奈何，别无选择，只能听下去。

按照我的经验，在夜里，一场厮杀之后，将有一只猫永远地离开新盛街，它将流浪一世，永不再回。

猫有猫的世界。

一只气盛的猫，吃了败仗，便输了自己的尊严和地盘。我们或许再也看不见它——谁家的一只猫，在我们白天醒来之后，永远离开了人类。

我们常把那些流浪天地的猫，叫流浪猫。它们流浪在外，荒野，河岸，芦苇丛中，稻田地里。它不再追随人的食物，不再听从人的召唤。

它以天地为家。

人会说它们薄情寡义。人把它欢喜地领回来，给它家，给它保护，一点一点地饲养长大，一声一声地情感浇灌。最后却落得悄声离家，毫无挂念。

我曾经也喜欢过猫，也遭受过一次猫毫无情感地离家出走，但我没责怪它。因为，我知道猫从来就不是我的宠物，猫对家的概念，绝不同于我们。

我们的"家的概念"太小，小得可以搬来搬去，毫无感情。我自以为是地给猫的家，只是在大地上给它一个歇脚的驿站。

真正流浪的，是人。真正无家可归的，是人。你看，那些人，刚刚经历过迁徙之苦，就安心地住在自己的商品房里。

……

猫，或许有一天也会离开新盛街。但猫的离开，人类左右不到，它只是猫自己的决定和选择。

第六章

寻找与毁灭

走向一棵树

我们与那棵树的目测距离，不过三四百米。但由于脚下的巷道中途被划开了口子，塞满了建筑残渣，我们不得不迂回，绕道。

一些从前极为简单、寻常的事情，现在正变得复杂，困难重重。

从前的秩序，面目全非。从前的生活，一去不回。从前再熟悉不过的归途，如今，成了"回家"的最大阻碍。

我们，我和廖书好，决定从那棵树的右侧，穿过财神庙巷；然后，绕道新盛街西巷；最后，再沿着新盛街西巷一路向北。

从它的左侧，接近它。

这一段近在眼前的"归家之旅"，于是无端地混入了太多无关紧要的经历——一路上，我们不得走在那些陌生的街道上，穿过那些陌生的巷子，经历那些陌生的人群。

我们不得不走在别人的路上，在别人的嘴中打听它的下落。

当我们走街串巷，它则在陌生人的屋顶下和陌生人的语言里，遮遮掩掩。

廖书好为我说起了小时候：一个五岁左右的小女孩，在一条夏日黄昏的巷子里奔跑的情景。

夏日的穿堂风，吹散白天所有的溽热，天色暗去。巷子里的光亮收得很快，只是一下子，夜色就从墙角围上来了，似乎它一直蹲在墙角，等待最后的冲锋号角。

而这个时候，谁家乘凉的小板凳，还放置巷中，没有来得及收去……

一些鲜活的细节，如破冰的鱼，奋力地越过了层层的遮蔽，让旅途中的我精神一振。

小女孩在巷子里奔跑，赶不上时间向晚，在夜色里奔走，不知道被什么绊着了脚，摔了一跤。

一时间，鲜血在暗处流。

同一时间，伤口在身上留存。

接下来，年轻的母亲出场了。接下来，同样年轻的父亲也出场了。

门，开了。故家的灯火，明耀如昔。

那些封存的日子，在丢失处，无缝衔接，自然流淌。

一些人与一些人的生活，安好如初，没被时间打扰。一些孤独和喜悦，紧随而来，迫不及待，未曾变质。

廖书好的家，就在那棵树的东旁。

我们赶到的时候，那棵树的四周，已经全部被拆尽，只剩下它——左右是空白，前后是更大的空白——一棵树，空空荡荡地立在那儿，孤独，灼目。

它，身材高大，枝叶茂盛，伸向四周的枝干，像撑开的手掌一样，宽厚，有力。

它是逝去生活的最后物证与参照。在不久之前，它身体的大部分，还深埋在人家，街巷之中。人家的房屋、院墙、夹道，还在它的手心掌下。

它成了这一带最后的"土著"。那些冰冷的砖瓦，如今匍匐在它的脚下。远近的绿色防尘网罩像殓尸布一样扣在地面上。

它，手心掌下，曾经的一切，荡然无存。

尘埃不起。

凤尾蕨的指引

寒风里，我和一位上了年纪的穆斯林，正在寻找一口井，三眼井。

我们顺着KOMATSU日本小松和DOOSAN韩国斗山开拓出来的代表钢铁意志的新路，绕过脱脂棉厂的后墙，然后，折路向西。

我们走上了由水泥、木头、钢筋、生活垃圾组成的矮坡、洼地，走向了由残砖、剩瓦铺就的延伸四方的野蛮道路。

西面，已经空旷，荒废了。阳光，已经无遮无碍。倒下去的砖瓦，已经无声无息。

如日子剥落的鳞片，那些砖瓦，早已和阳光一样泛滥，铺满大地。

我们的身后，没有脚印，没有熟悉的痕迹，熟悉的道路，甚至没有熟悉的声响。空气里，只剩下两双脚行走的声音。

断断续续地行走，前一秒存在，后一秒消失，没有痕迹。

贴着地面，阳光如路颠簸，起伏。一截砖头、瓦块，就能挡住阳光的脚步，阴面、阳面，清晰分明。

声音，在颠簸的道路上敲打，描摹呈现。一个在前，一个在后。在前的，笃定，轻盈；在后的，迟钝，笨拙。

像是一双走夜路的脚。

老穆斯林，头也不回地向前走。他高大的背影，像一堵淹没在夕阳中的残墙一样，迎光而动。

在他的身后，我仿佛看到，时光的鳞片，熠熠发光，不断地从他的左肩右臂，筛落而下。

他在这里生活了五十多年，对新盛街这一代了如指掌。

那些曾经铺展在眼前的，看似不规则的道路，以及拥挤不堪的人家，早已像印在头脑里的课本一样——哪一个字在哪一行，哪一行该空格，哪一行该另起一段，是前句，是后句，承、转、起、合，都烂熟于心。

"就是闭着眼睛，也能穿行无碍。"

我紧跟在他后面，跟着他的指引。在经过一条条巷子、一栋栋空空荡荡的房间时，我在他颠簸的声音里，捕捉到一些人的姓与名。

那声音，小，但极清晰、郑重。

我想，这是他触景生情，在不由自主地诵读那本早已印在脑海里的课本。而那些名与姓，便是其中重要的字句、段落或篇章。

一路上，我最先看到的是一扇凹陷下去的窗洞，它面向南方，像是被谁揍了一拳，肌理向内蜷缩，一副痛苦的表情。

它的另一扇窗，敞着，无遮无拦，屋内漆黑一片。像是房屋合不上的嘴巴深处埋着的一根尚能发声的喉管，空洞且荒凉。

在它的对面，是一截切去半身的青砖房。它完好的梁柱，赤裸裸地裸露在空气中。那些曾经居住在高处的瓦片、点缀在檐下的水滴，如今坠入泥土，匍匐脚边。

有风吹过的时候，梁平，柱直，像是风干的鱼骨头一样坚硬。

无声。

青砖房的旁边，还有一栋红瓦房，也让我格外注意。它失去了挡风与挡光的东墙和屋顶，像是被谁削去了脑袋一样。

内墙里的一切，都暴露在外，一览无余——

一幅泛黄带油的红梅画报，一只发灰带黑的白色布熊，还有歪斜杂乱的瓶瓶罐罐，还有灶台边上一台泛黄的日历，时间定格在：2017 年 3 月 14 日。

不大一张纸上，密密麻麻地写着：

星期二 农历二月十七 丁酉年【鸡年】 癸卯月 庚子日

宜 纳财 交易 立券 栽种 捕捉 结网 取渔 进人口 教牛马 理发

忌 入宅 造物 竖柱 安葬

日历上消失的其他日子，也有迹可循——一页页的残根，被钉子攥成一沓，牢牢地压向残缺的墙壁。

它们躺在日历的上方。虽然混入了太多的灰尘，颗粒，但远山淡痕，新月一角，还能观瞻，离去不远。

过了这栋红瓦房不远，我们和一对中年夫妇相遇。

男人半个身子掩在地下，对着我们只看了一眼，就继续操着铁锹低头劳作。他脱得只剩下衬衣衬裤。

我们在高处，看着他用铁锹最锋利的部分，一块一块地把深埋在地下的红砖撬起来，声音尖锐刺耳。

那些深嵌在地下的砖，是一栋房子的根，就像是一棵倒下的树，留在泥下的根一样。男人在刨那栋房子的根。

从高处上，那些红砖在泥土里规则排列，尚能清晰地绘制出一栋房子的模样——哪儿是卧室，哪儿是客厅，哪儿是门，哪儿是墙，一目了然。

地上的女人负责把男人抛上来的砖，以另一种规则码就——250块为一方，摆得方方正正。

这是本地人自己的规则。

砖以方论，一方砖250块，价格在60元、70元不等。

据说，有时价格还要看砖的出身。大抵，墙砖贵于地基砖，地上砖贵于地下砖。

老穆斯林对女人朗声地说出一个人的名字，客气地问认不认识。

女人也客气，说，不知道。

老穆斯林没有犹豫，说，就是你脚下这户人家。

女人说，我们哪里认得，砖上又没有人名。而且，这里的砖，只有地上与地下之别，没有张家与李家之分。

我们都笑了，佩服她的好口才。

但老穆斯林认得它们。它们，曾经是这块土地的一部分，是他记忆的一部分。有些砖就是从他手里递出去的。盖这栋房子的时候，他也在这里。那时候，地基刚下，模样与此时相仿。只是不同的是，那一次是下砖，这一次是起砖。

他有些疲倦。

过了一会儿，他指了指不远处那堆矮坡，说，三眼井，就在那里了。

他示意我，顺着他的手指方向去找，自己则待在原地，从口袋里摸出了烟和打火机，并在铁锨摩擦砖面的声音中点燃。

烟若游丝。

接下来的一切，由我去面对。

于是，我小心翼翼地稳着身子，缓慢地跨向矮坡。

我顺着矮坡一点一点，缓慢地跨向低洼地带。低处并没有井眼——砖瓦堆积得太密，根本看不见最初的地面。我只好伸出双手，去拨开那些砖瓦、木头、芦席和钢筋。

我把它们从一片废墟，搬向另一片废墟。

在快要接近地面的时候，我依旧没有发现井，却意外地发现了几株紧贴地面生长的凤尾蕨。

这些凤尾蕨，生长在季节之外。

这些古老的植物，或许看够了太多的春夏秋冬，生发凋零。与季节有关的词汇，诸如姹紫嫣红、葱茏丰茂、草木一秋、秋收冬藏，都与它无关。

它拒绝了季节的一切安排，在暗处，一副贞静独处、风雨无扰的模样。

这一带，原是豆芽庄，家家以生豆芽为业。生豆芽，得好水。好水甘洌，生出豆芽不苦。而三眼井，就是这一带的好水。贫地，生好水，这是真主的慈悲和指引。

有了好水，就穷不了人了。

这些凤尾蕨，还有一个名字：井栏边草。找到井栏边草，离井就不远了。井栏边草，是三眼井的指引和启示。

在脱脂棉厂的某一日

这里说的是，作为建筑的脱脂棉厂。

其实，作为工厂的脱脂棉厂，早已不复存在。

在脱脂棉厂最后的日子里，"脱脂棉厂"这四个字，仅仅只是一个不明所以、名不副实的地址和一群了无生气的建筑总称。

这些建筑，红墙红瓦，单调连缀，若不是南片的一大片建筑被拆除，你甚至还不知道它原来还有一扇漂亮的南门。

南门，方柱高耸，阶梯曳地。线条，简洁、大方。

那时，我正在寻找三眼井，还不知道眼前的这些看似特别的建筑，这两根老旧的方形的水泥柱和那些简单的阶梯会被拆除。

我以为，作为建筑的脱脂棉厂，绝对区别于那些拥挤、邋遢、建造粗劣、已然倒下的普通民房。它是别致的，有很强时代感的……

我以为，它会保留。

即使不保留，也不必是这么迅速、急迫地被拆除。

总之，我的镜头和文字，遗憾地错失了脱脂棉厂的最后时刻。不知道，第一次相见，它的生命就已经进入倒计时之中。

所以，当我再次出现在它的腹地，看到那些砖瓦横斜在空旷的大地上，我根本无法推测出，与我相遇的那天，是属于它的最后第几日或第十几日。

我只能笼统地说，在它最后的某一日，我与脱脂棉厂相遇。

现在，我回想起了那天的细节。在脱脂棉厂存在的最后某一日，我和老穆斯林分开，独自一人踏上了去脱脂棉厂的路。

这是一条久无问津、破败不堪的水泥路。它平铺在那里，坑坑洼洼，了无生气，但当我走在上面时，它忽然有了自己的曲线和尽头。

道路的前方，越走越开阔。

腹地的一切，都还完好无损，没被打扰——

斑驳的门脸，暗沉的红瓦。一堵写着"浴室"的墙壁，一个破败的篮球场，还有一辆老旧的电瓶车。

房顶上方，是纵横交错的电线。门前，是同样纵横交错的晾衣绳。晾衣绳上晾着几件无精打采、洗得褪色的衣服，而那衣服，正好遮挡住了房子最深处的秘密。

一个人，从屋子里探出头来。

这是老祝。

他那时还没看到我，只是隐约感觉这条荒废已久的路上，忽然有了人的声响。他从屋子里探出头潦草地张望，其实，只是一个下意识的举动。

所以，当我出现在老祝的面前时，老祝吓了一跳。

他说，隔着一道墙，墙外最近来了一对中年夫妇。他们每天和上班一样规律：迟来早走。这个点，正是他们收工回家吃午饭的时候……我正想着呢，谁知道一个大活人，就立在了眼前。

老祝，是我这几个月采访中，宿迁话说得最有味儿的一个——发音靠后，尾音不收。尤其是，开口音、闭口音无意拖得老长。

老祝，1968年生人，今年正好五十岁。祖上住在老宿迁城里，具体点，是老宿迁城城门口的第一家。

宿迁城不大，城里有墙，城外有圩。绕城一圈，是三里三；绕城圩一圈，是七里半。过去，城之外圩之里的人，也会被圩外的人称为城里人。而老祝家，是正儿八经的城里人，住在城墙以里。

老祝说，民国时期，运河北，就是船闸的上头，井头儿那地儿，闹过土匪。夜里，那些土匪进城娱乐，枪就放在他爷爷家。

这些人，有今天，没明天，过一日是一日。

老祝话说得慢，不是一个会虚构故事的人，在他的宿迁话里，没有任何渲染和烘托。他能对我详细地说出了那些枪的摆放地点，以及枪的模样、枪托的形状。

甚至，还有那些土匪嘴里的黑话。

如临亲见。

总之，在他的语言世界里，我看到了另一个遥远的神秘的宿迁。而且，这个宿迁在细节之处，让我惊心动魄，兴奋不已。

在这间破败的房间里，是老祝的叙述让我相信，人的记忆并不是从一点出发到另一点结束的直线形记忆，而是站在原点辐射四围的圆形。

一个人的记忆原点，是自己记忆的出发点，也是承接父辈和祖辈记忆的衔接口。这个原点的右面是实线，是自己的切身经历；左边则是虚线，是口耳相传、感同身受的父辈记忆、祖辈记忆。

我相信，一个人的记忆长度，不仅仅有自己的那部分，还有父辈和祖辈的那一部分。

所以，老祝虽然是1968年出生，但他拥有的记忆，已经延伸到了1958、1938、1918甚至更远。

他在讲述的时候，不像是在说别人的事，那些生动的细节，总让我身临其境。仿佛那些记忆从老祝的身上，又嫁接到了我的身上。

由此，我也切切实实地拥有了那些记忆。

于是，我期待老祝记忆中更多的细节，期待那些嫁接在他身上的记忆，借着老祝之后，复活重现。

于是，我记下了老宿迁人的另一个细节——老城里人的风俗。

这个记忆属于老祝，所以说得更细致动听：

初一，要抢元宝水。天麻麻亮，城里的人，就开始排队买自来水。这是大年初一，新年伊始，家家都要讨个好头彩。抢第一，就是抢财气、运气。

正月十六，走北边，腰不酸腿不疼，祈愿身体安康。身体不好的，走北边时，要带一把硬币，用纸包着，沿途丢掉。

二月二，要吃豆芽，防蝎子。据说，吃了豆芽，蝎子钩钩不到人。另外，二月二，还要爆米花。但爆米花有忌讳——当年，家里亲人如果有属龙的，不能炸。因为这一炸，就会把龙眼炸瞎。

端午，艾草挂门，犹如江南姑苏。另外，端午还要给小孩子做老虎鞋。老虎鞋，男女没有讲究。宿迁城里用大红的底子，鞋面绣黄色老虎、青色蝎子、绿色大葱、黑色福字。底子是千层底，布料来自退下来的旧衣服，剪成大小一样的鞋底，然后一层一层用糨糊粘住，用针线籍住。

立夏，要称夏。老城里人有人家，用一杆大秤，钩着后领子，凉凉的，不舒服。这一面称，一面还有上了年纪的人喊：吓住了，吓住了——吓与夏，同音不同字，吓住了，意思是苦夏，不减膘。

重阳，吃重阳糕。家里不做，只等下街的徐二奶奶来卖。一年是四四方方的小盒子，另一年是不大的篮子。不推车，就背在身上，两只手，不闲着。笃、笃、笃，敲着方方的木头梆子，沿街叫卖。每块重阳糕上都插着一枚小彩旗，有红，有绿，有黄，有紫。颜色开会，彩旗招展。

祭灶，要烙祭灶饼。老城人，讲究官三民四王八五，王八指皇帝。宿迁人的祭灶饼，烙好了，要切成方块大小。然后，放在篮子里，吊在屋心的梁上。梁上，通风、干燥，防霉、防腐，能吃很长时间。

四时嘉兴，八节轮替。这是这块土地上最为鲜活的部分。有的甚至还可以说，是老城里人之所以成为老城里人的部分。比如抢元宝水的风俗，不说外县、外市，就是出了城，过了河西、运东，都没有这一风俗。

或许是我心贪，或许是老祝嘴贪，我们的采访进行了很久。

直到外面的一个声音的到来——

我记得，是在老祝说起极乐庵的雇农，主大奴大，欺负人，撞翻了挡道的小贩时，我听到了一墙之隔那对夫妇的声音。

我从没想到那声音如此近，近在耳边、墙角处。

他们聊了一句孩子的饥与饱，很简短。开头，即是结束。余下的时间，全是铁锹撬砖声，砖敲着砖声，单调、重复。

墙这边的老祝，深陷在祖辈们有关极乐庵的记忆里。

墙那边砖与砖敲打的声音，却越来越硬，越来越不容忽视，一下一下切入进来。

影响了我的听觉。

我的耳朵在断断续续地接收，大脑大断断续续地输入老祝记忆的时候，混入了密密匝匝的乱码——铁锹敲击砖的声音，砖碰砖的声音，还有人的咳嗽声、走路声……

这些声音，让我心慌意乱。

让我想到屋子的在剧烈摇晃的场景，想到一些老旧的生活痕迹，一些古老的记忆，土崩瓦解，即将消逝的场景。

让我想到，老祝的声音，终将被吞噬的场景。像是一个溺水者，终于被洪水吞噬一样。

在我的对面，老祝依旧安坐在椅子上，手臂大张，简捷地比画着什么。

我听不清，打捞不起那些不再完整的记忆。

……

老祝，是陪伴脱脂棉厂到最后时刻的那个人。

5 月 16 日的风

我把手机再一次伸向风里，想在那场风之后，记录下这一天里难得的宁静。

可是，就在这个时候，我遭遇了 67 号建筑倒下的剧烈声响。

极迅速，沉闷的声响。

仿佛是谁奔跑中的脚，被什么绊了一下，然后，腿一沉，身一短，整个人重摔在地，尘土飞扬。

我看了一下手机。

时间是：下午 4 点 37 分。

距离那场风的到来，已经过了三个半小时。

在这三个半小时里，除了角落里那只老式的广播，每隔半个小时，还不断地提起那场风之外，所有人都以为它已经过去了——

人家开始生火，准备晚饭。

街道上，买菜的人顶着件衣服，在雨中走。

云不涌，树不乱。

那个守在收音机旁的老人安坐在自家的屋檐下，大门敞开。

从谁家门前走过，还能清晰听到屋檐下掰芹菜根的声音。

"啪"。

一如握拳时指关节发出的声响。

响脆，干净。

……

没有人知道，那场风就藏在新盛街的这个角落里，就扒在 67 号建筑破败的窗口，暗暗地观察着周遭的人们。

它在盯着街上的人，焦躁、警惕。

那个只顶着件衣服就敢拎着菜跑回来的女人，是多么粗心大意。

那个在檐下慢条斯理择菜的人，又是多么轻慢。

还有那个闲坐在檐下的老人，雨已经扫着眉毛了，却仍是一副似睡非睡的模样。

整条街，似乎只有那只巴掌大的收音机，还保持着清醒。它不曾间断的播报声，多像是一次次暗示和提醒。

"今天（16 号）中午，宿迁遭遇强下击暴流袭击……最大阵风达 12 级……大量树木被连根拔起，部分房屋的屋顶被大风掀飞……"

在这段简短的播报中，我第一次知道这场风的真名：下击暴流。不是街上人口耳相传的台风、龙卷风。

但它一如台风、龙卷风那样可怕。这一点，我坚信不疑——

在它还没到新盛街之前，网络上一段现场视频，早已以超越风速，扫过街上的每一部手机：

狂风大作，昏天暗地。整个画面抖动而混乱，声音嘈嘈杂杂。一棵电线杆粗的大树，被连根拔起，倒向一边。一顶铁皮房蓝色的房顶，被风撕裂、掀飞，抛向画框之外。

视频上的弹幕，极具情绪化。

下方的评论中有关下击暴流的漫画，都带有恶魔的紫色触角。网页下方，有关它的相关链接，全是毁坏和控诉。

它在网络上，被控诉为一只臭名昭著、作恶多端的低空风怪。

而在那段视频下方的相关文字里，它极像是在被通缉的一名要犯。人们义愤填膺地把这个"暴徒"的恶劣行径和逃窜的方向，公之于众：

苏北3市（宿迁、徐州、连云港）、6县、22乡镇遭受到它的暴袭，部分房屋、树木遭到摧残。其中，宿迁境内，有4个站点，风力达到10级和12级。分别是骆马湖：12级，风速35.5m/s；耿车镇：10级，风速26.3m/s；马陵中学：10级，风速25.6m/s；双庄镇：10级，风速24.5m/s。

而视频中的可怖场景，就来自骆马湖，时间是上午的11点左右。

在广播里，另一场数年前发生在成都的下击暴流，也被重新提及，它的破坏力更强：

上万户村民的房屋，一夜之间房顶被刮飞。家畜、树木、农作物不同程度受损。农田里的作物都被吹成一边倒，不少树木被拦腰折断。

对于我来说，这些文字带来的冲击力并不比现场图片弱，我无法想象"上万户村民的房屋，一夜之间房顶被刮飞"的具体画面——那无异于末日图景——而且，"农田里的作物都被吹成一边倒，不少树木被拦腰折断"的画面，已经令我心生恐惧。

……

我想那一遍一遍的播报、通缉，一定让它不安。

每一声声，都一定振聋发聩。

从它的视角看，那只模样丑陋的铁疙瘩正对着它狂吠，对它投来深深的敌意。

而它也早已感受到了那种敌意。在它在盯着街上人的时候，那只铁疙瘩也在盯着它，目不转睛，穷追不舍。

那只铁疙瘩把它的模样、身高、胖瘦、姓名，早已摸了个透。

即使现在它躲到这个角落里，隔着厚厚的青砖墙，盖上密不透光的小瓦屋顶，它在它的面前，还是透明如水。

它的方向、踪迹，它来处、去处，它的所有所有，都被那只铁疙瘩掌握。

再者，那字正腔圆的声音，真叫人心烦意乱。

它很想教训一下它。

但久了，似乎又觉得没什么必要——

那些人似乎仅仅把那个保持清醒的铁疙瘩当作了摆设。

他们个个三心二意，耳朵交给收音机的同时，屁股却交给了板凳。他们的大脑，思索着更长远的事情，比如晚上餐桌上的食物；他们的手，忙着更要紧的事情，比如准备晚上餐桌的食物。

没人在意那只铁疙瘩的字正腔圆，就像没人在意那场风从未离开一样。

我能想象出那场风的得意。

它在人们的眼皮底下，在67号建筑三间宽敞的房间里，翻了一个身，又翻了一个身。喜形于色，溢于言表。

而与此同时，67号建筑正在它剧烈的翻身中，轻微地晃动。身体里的一根骨头说不定已经松动，身子也开始变形了。

它的肚皮一如皮球一样前凸。一块砖说不定，已经从肚皮的凸起处挤了出来。整栋房子，终于摇摇欲坠。

但整个过程，没有一个人在意。

……

现在回想起来，67号建筑，的确是一个藏身的好地方。

它久无人住，疏于打理，不会引起人们过多的注意。尤其是，楼顶和房檐爬满了爬山虎，外形邋遢，形象猥琐。有风吹过来的时候，还能清晰地看见叶底密布的根须，一如脸上横斜密织的道道疤痕。

它的一扇窗户和门，早早用红土砖堵上，醒目，惹眼。参差不齐的模样，像是两块暗红的冻疮。

站在67号建筑的废墟里，我最先注意到的就是那两块"冻疮"。它们倒下的模样，这回像是氧化了的血，干燥，浓厚。

其次，是那些被砖墙击中的小树苗。它们被拦腰斩断，头颅齐齐贴向地面，一根根去皮露骨的树干，参差光滑，莹白如蜡。

那是些什么树？我不知道。

倒下之后，怎么是这样的一个伤口？我无从想象。

那锯齿一样的伤口，裸露在空气里，惨白，尖锐，让人不寒而栗。

我站在它们的对面，一遍一遍想起几分钟前那短暂的轰响声。我在捕捉，它们弱小的躯体里，发出的声嘶力竭。

我相信，它们一定发声于 67 号建筑倒下的瞬间。

一棵树倒下的疼痛感和一栋房子倒下的疼痛感，毕竟不同啊。一栋房屋倒下，没有迟疑，直接塌下去，干净利索。而一棵树倒下，必定是藕断丝连，必定会有一截子树皮，从伤口的断裂处，一直撕到根部……

那样的疼痛感，更强，至少在视觉上更强。

那一刻，面对着它们，我感受到了那种疼痛感。

那一刻，一棵树的疼痛，仿佛也是我的疼痛。一栋房子的疼痛，仿佛也是我的疼痛。

在新盛街，我没赶上一棵树栽下、成活的瞬间，没赶上一栋建筑的始建、初成，但我遭遇了它们的毁灭、死亡。

一棵树、一栋房子的毁灭或死亡，没有告别，没有仪式，没有亲人。

让一栋房子体面地倒下

1. 影子

离开的时候，谁都没有什么不舍。但回来的时候，却很难再轻易地转身。

左边卧室的屋顶，已经被斜斜削去。邻家的房屋，覆巢而下。一截楼板，直挂在西山墙上，筋骨毕现，像一截耷拉着的手臂。

堂屋，到处是生活垃圾，从门口到北墙根，满满当当的，根本插不下脚。

北墙根。

北墙根，从前放着祖宗的供桌和遗像。

北墙根齐腰高的位置，经年累月，勒出来的那道影子，便是从前供桌的高度。墙正面，明暗交替处，一块一块交替拼接出来的形状，那是供桌的长度和外形——两边的那两个大白口袋模样的影子，四四方方对称的，是桌柜。白口袋中间的那条米把长的白线，是桌面悬空的影子。

桌柜里面，常常是左面粮油，右面米面。粮油米面，藏在里面，不显山露水，早已揉进日子的深处。如今，毫无踪影，看不见。

但桌柜上的对瓶、假花、孔雀翎和鸡毛掸子，这些浮在日子的上游、时间无法吞噬的器物，至今还依稀可见从前的影子：一对对，竖着，间隔着的线条，粗细不一，长短各异，但又端端正正，篱笆秋风一样。

这些影子，很灼眼，白得发亮。

它们仿佛在告诉你我，日子虽然已经从这间房子退出来，但墙还惦念着它们的模样。

中间的那一段白线，处在整间屋子的正中。

从前，常年放着的是时钟和收音机。时钟依然走时，在这个城市的另一间房子里，收音机却"音讯"全无，完全地哑了。白线底下，从前是个空当。老人在的时候，放过两个土瓷坛子，腌一点酱豆、糖蒜、五香萝卜干。后来，老人不在了，坛子也就搬出去。

那里，成了一段空白。

暗黄，深沉的空白，一如那一代人远去的模糊的背影。

2. 空白

在这间房子里，最惹眼的就是那道空白，它一直空着。在长久的时间里，没谁想过填补、占据它。它成了故去的老人在这个家的专属空白。

每一个在这里生活过的人，其实都有自己的专属空白。

左墙壁，那一块一块规规矩矩的空白，是孩子的，从前被奖状和竞赛的证书填充、覆盖；右墙壁，那个稍大的空白，曾悬挂着这家男女房主的结婚照。

老旧的相框，钉着四根钉子。下面两根，拖着相框；上面两根，吊着绳子。绳子另一头连着相框顶端的两个金属绳扣。两根等长的绳子，紧绷着，把结婚照悬在高处。

除了人，一些器具的空白也格外分明。

比如电冰箱、沙发、吊扇、吊灯、空调挂机，这些空白会说话，它们会用空白的亮度，告诉你究竟谁来得早，谁来得迟。

除了电冰箱，在整间屋子里，最丰富也最有魅力的空白，是结婚照旁边的那块。

这个空白的边缘已经模糊，重影。站在远处，能明显看到层叠、交织的灰与白。很多线条在交叉，像月光下柔风碾着墙壁上的花影竹影那样，驳杂而美丽。

那是挂历。

是出现在这个家的大小不一的挂历，来处不相同的挂历：银行的，保险公司的，工厂的，学校的，医院的，网店的，买衣服送的，过马路给的，扫码发的。

一年一年的挂历，材质不一，有精有简。但上面的日子，从来都不曾多过，也不曾少过，没有出现差错过。

这些挂历挂在那里，这一年尺寸大了，留个大一点的空白；下一年尺寸小了，留个小一点的空白；然后，一年一年，大空白套着小空白，小空白卧在大空白中。

一年又一年。

日子，在空白边缘留尘。

3. 体面

如何让一栋房子，体面地倒下。在从这间房子里搬出去之前，房屋的主人，就反复地思考着这个问题。

对于他们而言，这不仅仅是对逝去生活的告慰，也是对遗弃家园的自我救赎——他们始终对遗弃房子带有歉疚。

没来由的歉疚。

当初，他们从这间房子里退出来的时候，并没有像新盛街大多数人家那样，用起子、扳手、羊角锤把房屋的门卸掉，用斧头、锯子把两只如眸的窗户剜掉。

他们的想法很简单：要留下一栋完整的房子——即使不能，至少也要在外观上，让它看上去，是一栋完整的房子——它有自己的门，有自己的窗户。

他们将让门继续垂锁。

他们将让窗户继续开合。

他们甚至把那个早已坏掉的门灯开关，重新装上；让原本坑洼、残旧的墙面，重新平实、美观。

他们放弃了纱门，窗帘。

他们也放弃了吊扇和吊灯。因为，当他们站在高处，和那只老旧的吊扇平视的时候，才想起它们背后如疮如疤的墙面。

什么是体面？

百度汉语里有三种解释：一个是体统；身份。第二个是光荣；光彩。第三个是好看；美丽。

他们说，一栋房子的体面，一定要落实到房屋上去。体面的"体"，是保证它身体、外表的完整性。体面的"面"，虽然也有外表的意思，但更多的是"面部"的清洁、干净、光彩亮丽。

总结起来，一栋房子的体面，就是房屋的身体完整和表面干净。

房屋的完整，他们做到了。接下来要做的是表面的干净。于是，在最后的时刻，他们像要出一趟远门那样，认认真真地打扫着自己的房子。

他们挑尽顶部四角的蛛网，把门窗上的灰尘擦拭干净。再把墙壁上挂着的，取下来；贴着的，揭下来；砸进去的，起出来。最后，把地面上的所有垃圾清除干净。

他们关好了门和窗，扣上了锁。

日子在的时候，这里，门是门，窗是窗，屋是屋。门里门外，条条当当，利利索索，物不杂处，房无异味。日子撤退的时候，这里同样，门是门，窗是窗，屋是屋。门里门外，条条当当，利利索索，物不杂处，房无异味。

这是一栋房子的体面。

4. 气味

为了守护房屋的完整，保持房间的干净，他们在将拆未拆的时间里，时常回来探看。在一个又一个晨昏之际，他们奔走在新居与故家之间的路途上。

新居，有家构成的一切：桌、椅、床、褥、电、气、人。新居的空间大，灯做得也漂亮。只是有一条，新居的气味，让人窒息。

虽然每天一推开门，满眼还是旧物；虽然旧物的格局、组合，也都没有大的变化；虽然日子依旧是过得陈旧的；虽然原有的生活习惯，依然支配着这里新的生活；但一旦关闭夜灯，一旦在后半夜醒来，还是明显地察觉到不同。旧的一切在沉睡，死去；新的气味在肆意地横行、弥漫，满屋。

他们时常在故家的堂屋里久站，久坐，时常像脱水的鱼那样大口而贪婪地呼吸着故家的气味。

这是家的气味。

那些自以为带走的，所谓"构成家的一切"东西，仅仅是一厢情愿。它们不过是皮肉骨血之类，没有灵魂的东西。他们搬走的不是家，而是家的组成部分，即使能拼接还原，但无法真正地让家复活。

他们无法把"家"搬走。

那个魂牵梦挂的家，能抚平后半夜的心跳的家，融在那些气味当中。那些"构成家的一切"是多么无关紧要——闭上眼，即使满屋空荡，但一如往昔。

那气味里，有阳光的干、尘土的浊、木头的腐、食物的霉、铁的锈、墙角地面的湿气、屋顶四壁吐尽火气的砖瓦味，还有人的汗味体味，等等。虽然个个寻常，但无法调配。

他们的鼻子、肺叶、毛孔、细胞、神经，早已经熟悉这样的气味。一旦置身其中，周身舒坦。

他们就那样，长久地站在屋心，关上门窗，锁住气味，让气味一点一点从房屋的各个角落钻出来，让自己的鼻子、肺叶、毛孔、细胞、神经，浸泡在这气味之中。

遗憾的是，他们不得不承认，在生活退去之后，在那些"皮肉骨血"剥离之后，房屋空荡，气味正在渐渐淡去。

味还在，但滋味如同隔夜走气的碳酸饮料。

5. 孔洞

房屋的第一个孔洞，出现在大门裙板右侧的一个不起眼的位置。孔洞的大小，只有筷子粗细，只够放一只眼睛。

一只窥视者的眼睛。

从孔洞选取的方位和大小来看，放在孔洞的这只眼，还在躲闪，疑惑，有所顾忌。

紧接着出现的第二个孔洞，有锅勺大小。它在房屋右窗左页最下面那一格玻璃上。这一次，够放下一只手了。

一只从外面伸进来的手。

这只手，带着粗粝的指甲，在两页窗户的底部，不停地摸索，焦急而自信地寻找窗户的锁扣和开关。但最后它失败了。它对这扇窗户背面的一切，还一无所知。

第三个孔洞，有刀板大小，够放下一张脸，一张让人心惊肉跳的脸。

这个空洞，依然在右窗左页的玻璃上，不过位置有所上调，是对第二个孔洞的修正。它在窗户中间那一格，靠近锁扣的地方。和这个孔洞一起出现的，还有一块横躺在屋心的红板砖。

随后，窗户被打开来了。

窗帘也在一瞬间，被迅速地扫向一端。

紧接着，外面的阳光会横切过来。

那只眼睛，不再有所顾忌。那只手，也更加自信，得心应手。它五指指肚上残留着的砖屑，在房屋的各个地方，随意点撒，处处留痕……

他们仿佛看到了那只手：

它先是和另一手，一起平撑在窗台上，把那张喜形于色的脸，一点一点抬高，前倾，直至抬进屋内。然后，它扒在窗檐上，纵身一跃，迅速下落，落在离窗直径三米处，十指着地。紧接着，它伸向房门，并转动门锁，拉开了右卧室的那扇门……它曾在堂屋的门前长久滞留，反复摸索着大门的内锁和裙板。左边的房门和窗户，也有它的留痕，被它上下打量过……最后，它再次出现在了窗前，依然是双手撑在窗台，纵身而起……它从外面伸进孔洞，再一次开合着这扇窗，并在锁扣处模糊，消失……

6. 眼睛

有一双眼在背后盯着他们。这种感觉越来越强烈，越来越不可忽视。

就在那只手消失的方位。

让他们心慌意乱。

房间里，仿佛忽然多了一个人的呼吸。气氛，在瞬间变得无比紧张。那些曾经游荡在房间里的脚步声，飘然而至。

密密匝匝，萦绕耳畔。那双眼睛，放肆了，直勾勾的，还带着馋劲。

事，出在第三个晚上。

第一个晚上，他们守到了零点。一晚上提心吊胆，但还好相安无事。第二个晚上，他们依旧守到零点。这一晚上，他们已经疲惫不堪。到了第三个晚上，他们再一次守到零点的时候，心里其实已经有了侥幸心理。

现在回想起来，那个晚上，如此不同——有很多暗示光临着他们，但他们一个都没抓住——第一个暗示出现在他们转身关门时，那扇完好无损的大门，在那天晚上，怎么也关不好，来来回回，像生锈一样。第二暗示，来自那只门灯。当门灯被打开的时候，没由来地明灭两下，才恢复照明。第三个是在他们离开的时候，同样一阵没来由的穿堂风迎面打来，月影晃动。

那一夜，他们只睡到四点。没有梦，也没有闹铃。四点一过，奇怪的事情又发生了：心里忽然突突直跳，如塞活兔。与此同时，四个小时之前的那三个暗示逐一在眼前闪过，它们如此不同，如炬高擎，照亮内心。

于是，他们连忙起身，慌慌张张地向着房屋的方向赶去。正如猜测的那样，一切都晚了——房屋的左窗，已经不翼而飞。

门灯，一地昏黄。

现在回想起来，他们在这三天里与对手打了一场消耗战和心理战。当他们在灯光下离开的时候，那一双眼睛说不定已经在他们背后悄然靠近了。他们不止一次在回忆中，捕捉到了这双眼睛里的饥饿，听到了它长久而孤独地吞噬着暗处夜色的声音。和他们一样，它也经历了提心吊胆的第一天，疲惫不堪的第二天和心存侥幸的第三天。这是三个回合的较量，三战两胜。但不同的是，在各自心存侥幸的第三回合，他们选择了听天由命。而它，选择放手一搏。

7. 垃圾

在房屋遭受了重创之后，一些垃圾，像是伤口的浓液和溃烂物一样，接踵而至，迅速到来。

污秽满屋。

在此之前，他们已经相信，是因为自己的及时赶到，才使得房屋的正门和右窗得以保存。他们以此疗伤，渐渐接受现实。

他们在积极想办法补救。

他们把左窗后面的窗帘扯下来，量体裁衣，精细布置，把它剪成窗户大小。然后，罩在原来的位置。最后，上下左右，扣上钉子，像一只巨大的创可贴一样结结实实地把伤口密封了起来。

伤口被掩盖之后的房屋，从外面看，表面还是平平整整，

"完好无损"的模样。

他们相信自己"治愈"了那道伤口。

这栋房子，还是一栋完整的房子。它的右窗还是那个右窗，大门还是那扇大门，左窗虽然有些异样，但它还是窗户，只不过材质不同而已。

他们并没有被击垮。

但垃圾的出现，非同寻常。垃圾让他们看到自己的渺小和脆弱，让他们好不容易建立起来的乐观和自信，瞬间倒塌。

垃圾的出现，毫无征兆，出乎意料。大门紧锁，右窗紧闭，没有什么异样的感觉。左窗覆盖的窗帘前一天被风揭去了一角，过了夜，风又撕开了一角，也没什么异样的感觉。但一开门，他们傻了，眼睛揉得发烫，刺鼻的气味横冲直撞，迎面劈来。这些垃圾的体积超出了他们的想象，足足占了半个卧室。它们从左窗的内窗沿滑下，向里翻涌。似乎认得路，知道从哪里进入，然后走向何方。

接下来跟这些垃圾打交道的时候，他们再一次见识到了垃圾的可怕。第一天，由于体积庞大，他们在有限的时间里，无法把它们搬运到更远的地方，只是把它们扫到屋外，等明天或后天，攒足劲，再进一步处理。可到了第二天，它们就地生长，一夜的工夫体积翻了五倍，小山包一样，横在眼前。他们这才意识到自己之前做了一个错误的决定，然后，他们又费了一天的工夫，把门口的垃圾移向路口。不承想，第三天，路口已然被垃圾堵住。他们又给自己制造了另一件麻烦事。第四天，膨胀的垃圾，已经汹涌成河，顺势而来。第五天，成河的垃圾，一点一点蔓延过来，重新回流到门前，屋内。

这些垃圾的可怕，在于它的几个特点。第一是内容丰富。瓜皮果屑，食物残渣，装潢弃料，商场垃圾，建筑垃圾，医疗垃圾，它们来自这个城市的各个角落。第二是疯狂生长。不及时清理，只需一夜之间，它的体积便可长到之前的五倍甚至十倍。第三是极其顽固。这些垃圾一旦落地，根深蒂固，无法除尽。再者，最让人厌恶的是，它们不光占地方，还从里到外散发着恶臭。体小，能量大。体大，无人能招架。一旦不及时处理，几个小时之后，在房间里，臭满室；在屋外，臭满巷；在巷口，臭一街。

垃圾的增长速度超乎想象，他们望洋兴叹。到最后，即使还有清理垃圾的耐心和力气，但已不知道把那些垃圾清理之后，倒向何处。

那条轮廓清晰、细细窄窄的巷子，已经成了这个城市的排泄口。

8. 毁灭

如果说垃圾的来势汹汹，还只是让他们感到心有余而力不足、无力回天，那么接下来发生的两件事，则让他们心灰意冷、彻底心死。

第一件事是，随着那些垃圾寻路而回，房屋的大门和右窗，在一个响晴的白天里被一一撬走。

空洞骇人的窗眼和门洞，使得原本负伤房屋，像是一只被扔在一堆垃圾中腐烂多年的骷髅头。

他们怀疑，那些垃圾的到来，本身就是一场阴谋。它们背后始终有一双眼睛存在。而那双眼睛，毫无疑问，就是与他们曾经交战过的眼睛。在那日的夜色里，惊慌失措、无影无踪的眼睛。他们以为它怕了，消失了，但其实没有，它一直都在，无时无刻不对那扇大门和右窗心存觊觎。它把自己隐藏起来，胃口也被养得老大。它在暗处操作，一点一点，把整个城市的垃圾，都引到这儿来。他们把屋里的垃圾清理到门外的时候，它在暗处观察并暗自耻笑。他们再次把屋外的垃圾清理到巷口的时候，它依然在暗处观察并暗自耻笑。垃圾堵住巷口的时候，它在暗处观察。垃圾成河，汹涌而来的时候，它仍在观察。等到垃圾再一次进入屋内，它应该已经在挑选下手的日子了。等到它得手，他们还蒙在鼓里。而这时，沉甸甸的大门和窗户，一定让它哈哈大笑，无暇耻笑。

在那个响晴的午后，他们仿佛看到了那双眼睛，从状若骷髅头的房子深处浮出来，耻笑漫溢，让他们背后一凉，心惊肉跳。

第二件事是，房屋遭遇台风，左边房顶完全坍塌下坠。房屋瘫了半个脑袋，像是一口与天对望的残井，无声无息，无情无欲，空空荡荡。

台风具体登陆日期是 5 月 16 日，这一天新盛街整个片区，同时罹难的，还有他们邻居的楼房和处在新盛街中心街的一栋老建筑（67 号建筑）。老建筑，同样也是左边房顶坍塌下坠，同样也是砖瓦横飞，凌乱一地，不过老建筑更严重些——面南的外墙也惨遭摧毁，瘫软在地，它的伤口，不像井，而像是落地的瓷碗，没有跟天空对望的资本。邻居的楼房，身材高大，受灾最重，二楼的砖瓦和楼板齐齐被掀翻，其中有一块楼板从高处横斜飞出，齐腰折在房屋西山墙上，面目狰狞。

这是天灾，或者说天意，天的旨意。那些狰狞的伤口，彻彻底底否定了他们所做的一切努力，击碎了房屋最后的体面。

9. 请求

台风过后，一两天内，一些藤蔓植物，枝头纷杂，地上凌乱。但只要再过些时间，很短的时间，三五天，它们便会另立新枝，重发新芽。

他们怨不得天，也怨不得人。签了合同，全家撤离。这些房屋，在法律上已经跟他们无涉。房屋，是无主之物。从这一层面上来说，他们该做的，不该做的，都做了。该想的，不该想的，也都想了。只是，事情没有朝着他们预想的方向发展。最终，只能无奈。但他们还是出于对老房子的感情，最后，想借着邻居耷拉在西山墙上的楼板，写下自己最后的请求：请不要猛烈撞击。

它已经如此不堪，拆除房屋的时候，"请不要猛烈撞击"它。

第七章

最后的回望

回望大院

一

周家三兄弟从扬州回来的时候，我没有赶上采访。这是我离大院里的周家，最近的一次。

听说他们在新盛街西巷、宿城区幼儿园（原人民小学）、梁家对门的椿树前，拍照留念，用照片分割、储藏他们背后的故乡。

久别故里，举目无亲。他们，能带走的，只有这些照片。而照片里的新盛街，和他们一样，暮气沉沉，凄惶没落。

在周家大院之前，我还错过了梁家大院和叶家大院的采访。我紧赶慢赶，最后，赶上的是两栋空空荡荡、杂草封门的大院。

梁家也是三兄弟，梁老大已去世。据周边邻居的采访，梁老大生前，俊面，长身，是文人相。老大，住大院南首，回门向北。他，是最了解新盛街历史的三个老头之一。

梁老二，卧病在床，日薄西山，搬出大院之后，就住进了医院，口不能言，言不及义。梁老三，听说身体尚好，只是搬出大院之后，不知所终，无处寻访。

我到大院的时候，院子东首面南的两栋二层小楼，屋顶塌陷，房梁曳地，阳光空照满室。二层小楼的下首，大院里唯一一栋残存的明清老建筑，孤独、低矮、颓败。门两旁，明晃晃地压着一副簇新的白纸。

黄昏日暮，西风吹发。故人已逝，此地空余。那天的梁家大院，显得特别冷，溟冷，干冷，酽冷，峭冷，凄冷。

领我进叶家大院的，是李家的媳妇（住灶君庙南巷38号，拆迁号23，李家祠堂）。此时，叶家人早已搬离，大门也早已不知去向。我们一路穿行无碍，直抵院子的最末段。

李家媳妇让我记下一些人的名字，然后，生动而极富感情地告诉我，这些名字与眼前那些建筑的关系。

谁住哪儿，谁又住哪儿。谁是老户，谁是后迁入的。谁与谁是亲兄弟，谁与谁又是普通的邻里。哪一栋建筑是翻修的，哪一栋建筑一直保持原样。一时间，院子里，人声回荡……姓名、拆迁号、箭头、圆圈，不知不觉中，在我笔下随意流淌，渐渐模糊不辨。

这个一组庞大的信息组，彼此交织，互指，交杂，覆盖。每一个人名都不是孤立的，每一栋建筑也都不像眼前这样，孤独地存在着。

后来，我曾借助录音笔，想把那些人的名字和那些建筑的编号，重新端正地写回纸上。但当我在异度空间里，再次踏入叶家大院，耳畔再次响起李家媳妇的声音和脚步声时，我瞬间打消了之前的想法。

因为，那一刻，我觉得比起生硬冷峻的汉字和数字，我更愿意让他们的名字和建筑的编号，被人声包裹着，被人反复地念叨着。

何况，包裹他们的，反复念叨他们的，又是极为标准，极为柔软、亲切的乡音。

何况，这乡音，又出自熟知的邻人呢。

二

第一次有机会看到那些深藏于大院的生活细节，置身于一栋老建筑的内部，是在李家大院。

时间是2018年5月19日。

这一天，我的手机录音备注：李家大院采访老李。

老李，是李家大院最后的居住者之一。那段时间里，他在李家大院里吃饭，睡午觉，打呼噜。李家大院门上垂着他能打开的锁。

只是，还有些遗憾——老李，并不是李家大院的原始居民。他当时住在2号建筑（拆迁号），李家大院西门左手边第一栋。和他一起的，还有老赵、老陈和老姚。他们来自同一个乡镇，常年受聘于某机关考古队。

我初见到老李时，老李正在2号建筑的堂屋吃饭。没有桌子，他把碗放在地上，盘腿而坐。屋子空荡，左右是裸露的木质隔断，头顶上是同样裸露的圆木房梁，块块青色小瓦。一只白色灯泡，吊在屋心。画面，浑然和谐。

老李对我说，刚住进来的时候，2号建筑里的老太君（他不称老太太）正好搬出去。老太君开口第一句是问他，贵姓？

老李老实而诚恳地回人家，姓李。老太君说道，姓李好啊，五百年前是一家的。

搬家的时候，老李没帮什么忙。

老太君，见不得，住了一辈子的老宅，一点一点被掏空。于是，把一张尚好的梳妆台和一些能穿的衣物留下来，整整齐齐、干干净净地放在自己住的东屋里。像要出趟远门一样，不久就会回来一样。

屋里还有她的东西，她还有理由和借口回来看看。而且，衣物是贴身之物，离自己皮肉最近，最沾染自己气息。把衣物留下，有点把自己留下来的意思。

我让老李带我到东屋，去看老太君留下来的梳妆台和衣服。老李顺便给我介绍，老屋的格局以及老太君和老太君儿孙三代共住一屋的细节。

2号建筑，坐北面南，三间，东西屋住人。房屋始终充斥着木头的清香。这些木头，都在眼前，不藏着掖着，它们是头顶上的梁、梁上的檩、檩上的椽以及一半嵌在墙里、一半裸露在外的中柱、山柱、角柱。这些木头，都是一两百年的木头了。眼见着，一茬又一茬人换过。但依旧散发着那缕不曾变更的清香。

东屋，半空起阁楼，一墙分南北，是三间屋中改动最大的。老李说，在这里，住着三个人，第一代老太君和第三代孙子、孙女。老太君住南，孙女住北。孙子，跟着老太君一屋进出，住阁楼。阁楼，一人半高，空间狭促，没有门，只牵了一道钢丝，遮了两面窗帘。此外，由于东屋间成两间，空间亦狭促，容不得再修楼梯，所以只配了一个活动的木梯，供住在阁楼的孙子上下攀爬。

我注意到了那把梯子，陈旧，扶手颜色尤其暗沉。把它扶起来，不重。靠墙，向上攀爬，声音在脚下发紧。爬到阁楼处，尤其要小心，得扒住墙沿，把身子贴着阁楼地面，侧身，双腿用力搭向阁楼深处，没有安全防护。而且，阁楼的空间也十分狭促，东西宽度，只够翻身睡觉，上下高度，不足以直身站起。

第二代夫妇，住在西屋。相对于东屋，西屋宽敞些。西屋一进去，抬头即能看到，门楣上贴的"三星高照"的横批。屋里面，也留下一些颜色深沉、造型规矩的家具。屋顶吊了顶，内窗台深向里凹陷。房屋里最有美感地方是窗户，窗户上罩着一面素色的花叶纹窗帘。我在那里站了很长时间，看短促的日脚游离，看碎花纹被阳光拓在窗台上，觉得很梦幻。

三

空荡的大院建筑，有一种特有的木头清香。

有一回做梦，我梦见自己睡在一栋老建筑的阁楼上。消失的窗帘，在梦里重新修补，再次出现，并密密实实地拉上。

那个梦里的自己，被水泥板平整地端在半空中。那些木头，悬在头边，像是房屋的肋骨一样立体，可触，可感。

那些从木头表面散发出来的清香，凝聚在一起，在梦里，忽然有了自己的形状，如烟，似雾。

它们，在我的四周，萦绕，鼓荡，顺着我的毛孔，穿进我的皮肤，直直灌入我的骨头和神经末处。

我感觉自己的身体，被那木头的清香劫持了。

那一段时间，白天里，我特别迷恋那些大院里的老建筑。我花了一个星期的时间，访遍了新盛街所有大院以及所有大院里的老建筑。

我在大院的每一栋老建筑前停留，做笔记，绘图，用笔下的文字和线条抚摸它们的墙面，用手去感受它们的温度。

我用手机记录了那些大院里的细节：裸露的砖缝，风化的青砖，模糊不辨的雀替，干湿分明的墙角，贴满报纸的木质隔断，缺了一角的青石海窝，油漆斑驳的木门，做工精良线条繁复的窗棂，顺着墙壁攀上房梁的电线，陷入青砖内部锈迹斑斑的钉子，还有，被风撩起的窗帘处乍现还灭的光线。

我一次又一次在大院里，从一栋老建筑的窗户，眺望另一栋老建筑的屋檐、屋顶、屋脊、随风摇曳的瓦楞草以及瓦楞草背后的蓝天白云。

不得不说的是，这些大院里的老建筑，给我最大的惊喜，来自天窗。

一个人站在天窗底下，仰着头，想象着四季依次走过，想象新盛街的每一个天窗里，都有相同的风雨雷电、日月星辰、蓝天白云。我觉得，住在这样的房间里，即使再空旷，也会不寂寞。

有一次，我看到一只猫，从天窗走过。它像一片落叶那样轻手轻脚，缓缓而行。四只蹄子都落在洞口的玻璃上，猫起的腰，成一个瘦长的"几"字。

还有一次，我看到一只斑鸠，定在那里，一动不动，若有所思。它的身后斜过来的黄昏，绚丽，烫金，流火。

还是在这样的天窗下，不知道从哪一天起，我想等一个人——他从黄昏里走来，从那只入定的斑鸠背面走来。

他很老，须发皆白。很瘦，骨瘦如柴。他戴着眼镜，眼镜后面的眼睛，暗黄浑浊。他反应迟钝，说起话来，需要不时地停顿，长久地凝望云端。他嘴里的每一个词语，每一个句子，都从他凝望处的云端来。而他每一段故事，每一段人生，则从那云端的更远处来。

四

这个人来了。他，是老朱。

老朱是我一直想要等的那个人。

当老朱在某一日的黄昏，出现在我面前时，我吓了一跳——老朱，几乎符合我所有的想象设定。

老朱，没搬之前，住××号建筑，另一栋大院的西厢房。

××号建筑东面，依墙而建的一栋低矮的平房顶上，那些成片堆积的自行车轮胎，以及轮胎旁一把破旧的黑面皮椅，还有围在皮椅四周摆放的大大小小的盆栽，正是老朱当初没有带走的东西。

这些东西，不显山露水，看似寻常，却在有意无意间，固守着大院最后的生活一角。

在大院里所有人全部撤离之后，在老建筑里的所有生活秩序彻底凌乱、破碎，垃圾遍地、伤痕裸露、杂草丛生时，这个角落，依然秩序井然，生活气足。

　　坐在那张椅子上，你可以拥有老朱从前的视角，看到老朱从前的部分生活内容——

　　那些堆垒起来的轮胎，高如城墙垛口，把这方寸之地继续包裹、封闭。

　　那把椅子，在风雨中固守，保持着原有的方位和视角。

　　那些盆里的植物，在不慌不忙之中，长成了去年的模样。老干，新枝，着昨日之花，布往时之景。

　　那些根植于青瓦间的多肉植物，同过去一样，春生，秋黄，一点一点长成了宝塔和松果的形状，玲珑、精美。

　　那些青瓦之下，依稀可见的门楣上，裸露着吉祥而精致的图案与文字：一对展翅蝙蝠，一个方方正正、肥肥实实的"福"字。

　　视角里的一切，还和从前一样。

　　在这个大院里，吉祥的福字，依然在眼前——福照门楣。福在眉（楣）间，抬头见福。抬头福现，出入迎福，出入接福，出入纳福。

　　在这里，人们撤离之后的所有狼狈，都被遮挡在外。视角里，所呈现的是门楣之上的，几十年间不曾变更的一切。

　　在一个日落黄昏，我有幸和老朱，在这个视角里，一起遥望过去。

　　老朱坐在那把椅子上，话越说越少，越说越无力。直到最后，他只是处在讲话的惯性中，不时抬头，看我，嘴巴张着，喉咙被什么堵住。

有一瞬间，我看到他腰间闪露出来一把钥匙，孤零零的，鱼骨一样细长。钥匙尾部带锈，头边系上了布条。

我对那把钥匙，产生了强烈的好奇。我问老朱有关钥匙的事情。老朱嘴大张着，像是一尾浮沉在水面大口呼吸的鱼。他不说话，喉结震颤，苍老的皮肤如豆皮一样耷拉而下。他的目光转向那扇被水泥封住的正门。

我明白了，这是一把哑掉的钥匙！一把像老朱一样，在此时，失声的钥匙。

我把老朱和它看成一个比喻的两端。

我想到，大门被封之后，老朱是怎样一个人从大院狭窄的后门，一遍又一遍，曲折向里走来。他腰间带着这把钥匙，从大院的尾骨，摸索到大院的头颅。

这把钥匙和老朱一样瘦弱而苍老。他们一起，从喧闹的城市一点一点退到安静的街巷，从破败的新盛街一点一点退到同样破败而熟悉的大院，然后从大院退到大院的某个房间，某一个房间的某一个角落。他们一次又一次从这个城市新居出发，一点一点缓慢地退到这个陈旧角落。最后，安坐在那张椅子上，回望过去。

……

这个角落，处在大院的头颅部位，像是死去的大院，不曾干枯的眼睛。我觉得，老朱是使其不曾干枯、仍葆温润的原因。

老朱，或许是一滴含在大院的眼睛里，不曾流失的泪水吧。

五

我的笔记本里，有一张老朱给我画的四合院草图，图的上方端正地写着：42号院。

在一个初秋的早晨，我拿着42号大院的草图，去拜访新盛街最后，当然也是整个宿迁最后的大院人——林姨和周哥。

根据草图，我预先知道，42号大院的一些基本情况。比如，大院由中间两栋正房，左右四间厢房组成；比如，大院里原来一共住着7户人家；比如，7户人家，其中，已经有5户人家，提前撤离；比如，那撤离的5家，之前分别住在西厢房北面两间，正房西面一间，以及东厢房两间里；再比如，林姨住在西厢房南（拆迁号76号），周哥住在正房东屋（拆迁号D-143）；等等。

我去拜访林姨和周哥这一天，新盛街的北端，机器轰隆，KOBELCO日本神钢牌挖土机，刚刚开进了待拆的养老院。我顺着养老院向东，然后折路向南，路过梁家大院的大门、临时居委会，直奔42号院而去。

我赶到42号院过道的时候，周哥刚好骑上电瓶车，准备去养老院"寻宝"。

我站在院外，看到周哥临出门的时候，屁股斜在车座上，人不下来关门，只是用自己的右脚尖去勾着门底。

他的腿伸得笔直，隐隐地攒着巧劲。从我当时的角度看，他像是运动员正候着发令枪。他嘴在嘟囔着，像是给自己数数，三、二、一，数完"一"之后，手上瞬间带劲，脚腕顺势向前一勾……

"咣"的一声，动作迅速、简洁。

可惜的是，劲有点大，门在关上之后，又应声弹回。

西厢房的林姨，是听着院里的声音出来的。她站在门前，没留神，一道黑影，忽地闪过。

等林姨赶出来，周哥已经骑着电瓶车出院子老远了。

林姨扶着墙，望着周哥远去的背影。

我拿起手机，快速拍下林姨扶墙远望的动作。照片里的周哥，在林姨的视角里，身影模糊，还没驶出画框之外。

周哥从后面，不慌不忙地，撂了一句话：门没带上。

林姨回道：知道了。

画面，和风细雨，平平淡淡，又极富人情味。

我没有想到，会以这样的方式，和林姨、周哥相遇，就像某个代入感很强的电影的开头。

林姨的这一声"知道了"，就贴在我的耳边。声音、画面、人物、故事，在眼前一起鲜活。霎时间，其实已经不用再深入地访问，甚至不用再多问一词，大院的生活，已经淋漓尽致地展现在我眼前。

那一刻，我意识到，我预先想问的，那些在来之前密密麻麻写在笔记本里的问题，是那么无关紧要：

1.大院曾经的主人是谁；2.大院的另外 5 户人家姓什么；3.5 户人家具体的居住房间；4.房间的细节（修葺过？还是老房子）；5.请给我讲一段大院里的 7 户人家的生活故事；6.请给我讲讲您自己的故事；等等。

　　这些零碎的问题，所能触及的只是大院生活的皮肤，无法直面它的灵魂。所能打捞而起的，也只是些大院生活的碎片。而这些碎片，毫无疑问，它们只是生活的鳞屑，跟生活的肉身无关。

　　它们，是温柔的陷阱。看似离大院生活很近，其实很遥远。

　　林姨扶墙而立，目送周哥远行的画面，恒久地在我脑海里浮沉。我的录音笔里，也完整而真实地记录了一个大院里的早晨该有的所有声音。

　　这是些鲜活的声音，日子的声音，也是那些碎片、鳞屑，无法模拟而出的声音。它们是往昔大院生活的残余。它们正在消失，也终将消失殆尽。

六

　　我不曾真正地踏入大院的汪洋，我在宿迁最后的大院里，采访林姨、周哥，有点像拿着海螺，听大海的声音。

　　我在一栋残缺不全的大院里，用自己的想象去填补消失的部分，让干涸的沟渠，回荡水流的涌动。那些在大院里倒下的建筑，重新站起。那些远逝的时间，如同书页一样回溯。人物登场，一个一个，没有声响，身后是一段段雷同的故事。

林姨和周哥，在我采访不久之后，即会撤离。那些大院里的老建筑，也将在不远的未来装饰一新。里面的生活痕迹，会被完全抹去，空空荡荡。

那些声音，暂存在我的手机里。我只能用听录音，看照片的方式，回望我们的大院。

顶楼的丝瓜

一

像谁背着件行囊，在四季中逃离。

那些顶楼的丝瓜，在秋天来临的时候，用完了自己所有的力气。

现在，它们呆坐在瓦间，衣衫褴褛，把背上的行囊，卸在了脚边。冥想，或远望，木木地，直面秋风、秋阳。

整整一年，我没再踏入这个角落。

在过去的一年里，当我沿着那些早已熟知的街道，一遍一遍走向新盛街的旧巷子、老房子的时候。

当我在新盛街一间又一间将要倒下的老房子里，用照片和文字，记录那些即将消失的生活细节的时候。

当我在为某一栋老房子的身世，走遍河东河西的时候，我以为这里的一切已经从这块大地上消失了，就像那些还没来得及记录、走访，就已经消失的街道巷子一样。

它们不会等我，我也无分身之术。

我对新盛街的这个角落，并不比其他的角落更熟悉，也不会比其他的角落投入更多的情感。我只来过两次，只在这儿短暂地停留过十几分钟。

在那短暂的十几分钟里，我只是用简单的文字、数字，给它标号、存档，让它和那些倒下的、消失不见的老建筑，再一次成行成列，彼此相依——

我的脚在丈量这个角落的同时，我的手画出那些街道和巷子的草图。

我想让它和它们在消逝之前，以另一种形式存在，屹立不倒。

我用照片记录了它和它们最后的模样。

弄清楚它和它们在新盛街的具体位置：在主街道的第几个巷口转入，在另一条小巷的第几栋房屋身后。

我拍下了那些院子里坑坑洼洼的水泥地坪。

拍下了那些房屋里污垢满布的地板、伤痕累累的墙面。

还有，那些封门的杂草。

慌乱，无序，高不过膝的杂草。

我一直记得去年蹚过这些枯草时，从脚底传来的碎裂声响，记得去年秋风过耳处的荒凉和落叶满室的惆怅。

我还记得，临别回首时，那些枯草无依无着，跌落秋风的模样。

现在，我找回去年的视角，坐在去年坐过的地方。一些去年记忆，穿过时间，投射在眼帘，和眼前的事物一一重合。另一些已经消失事物，也跟着复活了。

它们击中了我，我成了记忆的靶心。

眼前，新盛街的这个角落，除了西面的豁口越来越大，其他的，和去年没有多少不同——早早被人撬走的门窗，依然空洞示人；外用楼梯的扶手，依然铁锈丛生。

那些细细碎碎的铁屑，依然密密地堆积在风够不着的角落里；楼梯外围的瓷砖，正方形、长方形的瓷砖，依然外表光洁，图案醒豁。

作为一栋被遗弃的建筑，春风、秋风，春雨、秋雨，对于它而言，都是一样的凉，一样的凌厉。

它不会像一株植物那样在春风春雨里重生，但会如植物一样，在秋风秋雨里衰老迅速。

二

在一个去年的视角里。

我注意到的那只顶楼的丝瓜，是去年留下的。

它还像去年一样，安卧在这栋房子屋脊暗红的瓦背上。只是，显得有些落魄：衣不蔽体，袒胸露背，孤孤单单。

这一次，最先击中我的不是它的孤独，而是它的一粒种子。

黑色的、小指甲盖大小的种子，从它躯壳末端最破败的地方，走失风中。它沿着瓦脊、瓦槽，顺势而下，滑落屋檐时，带着金属的声响。

落地无声。

像是一滴黑色的泪。

飞坠。

这是一粒去年的种子。它在一栋房屋的最高处，在那个远离人群人声的地方，整整哑了一年。

春风看尽。

秋风又老。

它无声地落向了今年的秋天。

不知道为什么，它让我相信一粒种子，是擅长忍耐和等待的，相信它会熬过即将到来的漫长寒冬，会等来属于自己的春天。

在又一年的春天里，它会把攒了一年的力气，毫无保留地用上。

坐地生根。

出芽，出叶。

攀附在今年或去年的老藤上，在去年散叶的地方散叶，在去年打花的地方打花。

它会一路攀爬，把自己的果实，不断地挂在今年或去年的果实旁——那些孤独终老，不知为谁丢下的，在又一季春风里孤芳自赏，无人问津的果实——它们，封锁住所有的种子，衣衫不整地吊在那里，像一只只因苍老失明的眼，一条条灯油耗尽的灯。又像是一座座隔空远矗，互不联系的孤城。

作为一棵植物，它会把去年的时光，重过了一遍，把今年没有过的、忘记过的时光，重新补过一回。

它会再一次点亮这个角落。

会在相同的节令里，寻找丢失的所有。

会在年年相似的时光里，找见自己从前的模样。

四季轮转，时间走过。

在又一年末路穷途、繁华尽头时，它将再一次挣脱季节和时光，花光自己所有的力气，重新回那一粒种子走失的地方。

……

三

在人撤离之后，它可能会一直死守在新盛街的这一个角落。只要春来，只要角落还在。它就会不断地出入四季，往返于屋顶，地面。匆匆巡视，匆匆记忆。在一季一季的叶片底下，花粉上游，不断寻找，打捞那些遗忘的东西。

重复那些消隐的记忆。

对于这个角落，它肯定比我熟悉。它用生命挽留住经过这里的四季，时光。一年年，它遥望的远方，一定有我不曾见过的事物。

而那里，我终究无力抵达。

我没在这个角落生活过。

我的根，也不在这片大地上。

对于它而言，我的一切，都是陌生的。我只是一个过客。

我这一年浮光掠影式地采访、拍照、记录，在它看来一定是极其可笑的，一定是遭其蔑视的。

对于这块角落，这片土地的理解，我只花了几十分钟，跑了两三趟，采访了两三个人……

这样的理解，在它看来算什么？能算什么？这样的理解，能深入到哪里？深刻到哪里？

那些我认为千辛万苦才采访到的人，只是它见过的千百个人当中的一个。

那些令我激动的瞬间，迫使我迅速按下手机拍摄键的那些瞬间，只是它经历过的千百万个瞬间的一瞬。

我对这片土地的了解，对这个角落的了解，也只限于它的漫长生命中的一瞬。我不可能知道得更多。

我的认知、感受、理解，都太过肤浅。

我的努力、付出，还都远远不够。

我记录下的所有，当然，也不那么可靠。

面对它，我一直在思考我的身份。

我不是游子归来，也不是观光游客，更不是摄影爱好者。我的照片，内容大于技巧。它不参赛，不展览，甚至不会与第二个人分享。

对于这个角落，我只是一个介入者，闯入者——一个人，在自己一生中的某一年里，介入、闯入到这块陌生的土地。

我一直以为，我和这个角落还没有达成和解，它还没对我敞开所有。我贸然地闯入，是极其不礼貌的事件——我撞见的是它的破败、残缺，奄奄一息，尊严扫地，是它最不堪、最羞耻的部分。

我所有的找寻，所有的思考，是多么粗暴，甚至残暴——谁愿意把自己最不堪、最羞耻的部分，展示于人呢。

又有谁愿意在别人的镜头下，一面毫无尊严地暴露着，一面任由他人拍摄，他人记录。

时间把这里分割成四季，我在把四季粗暴地分割成一张张照片。照片在我的手机里，手机被我习惯性地丢向口袋。

还有，我对新盛街的这个角落的寻找和思考，带有严重的自我色彩。它只属于一个人的寻找，一个人的思考。

它是孤独的。无声的。

它很可能得不到一点点共鸣。

它可能一点意义都没有。

……

现在，我在两个（当然也可以说一个）相同的季节，相同的角度，相同的角落，看到的这只顶楼的丝瓜。

之前，我一直以为它是孤独的。（在我到来之后）——它像我一样在这块大地上，一个人孤独地捡拾着那些转瞬即逝的记忆，用自己的方式挽留和触碰那些即将失而不复得的建筑、生活气息。

但它何尝又不是快乐的呢（在我到来之前）——它在一年一年的找寻中，还原了从前的秩序，挽回着从前的景象。

它何尝不是在等谁归来？为谁停留？

何尝不是呢？

四

我起身，再次离开这个角落时，意外发现了一些隐藏在楼梯内侧，之前从没注意到的生活痕迹：

几句骂人的脏话，两幅人物涂鸦，以及两串用黑色水笔写就的电话号码。

其中一个电话号码的末端，很清晰地标上：卖煤的陈××。另一个有些模糊，但依稀可辨，写的是：装潢王×。

不得不说的是，我被这两串数字，吸引了。

有那么一刹那，我甚至想选一个电话号码打过去，想看看通向这串数字的路，是否依然通畅，一个人是否依然在数字的那一端，没走。

我想我会准确叫出他的名字。

我想我还会不假思索地把身下这栋建筑的门牌号告诉他，跟他聊些买煤的事，或给老房子装潢、改水电的事。

我在这里，为电话那头的人，还原一个家。

我为一家人，想着明天生炉子，要用的那块炭。操心着日子里，应该有的大事和极其琐碎的小事。

我的兜里，还有火种。

那些近在眼前，堆在角落里的柴火，还够用上一个月的。

那只老旧的煤炉，表面，上了锈，蚀了一个指肚大小的窟窿，商标也模糊不辨，但它的内胆，还完好无损。火钳子也在近旁，完好的熟炭还有一块。把炉子拎出来，放块熟炭，放点柴火，再放块老陈的那块炭，还能用的。

属于这栋房子的日子，属于这家人的日子，远没有过完——

厨房灶台上，还有半瓶酱油，小半瓶醋，还有小半袋食盐和鸡精。

切菜用的刀板，爽利地挂在高处。一些洗刷干净的碗筷，有序地放在柜子里。

柜门向里，手能够着，眼能看着的地方，还有一大罐没开封的酱豆酱菜，坐在暗处，大腹便便，一副安稳、富足、风雨不惊的模样。

多好的一个家呀。

墙垒得结实。

花窗做得也漂亮。

一棵树，立在那儿。树影在墙，枝叶飞窗。

守着这两串号码，我一个人，在院子里，等到傍晚来临——阳光从那些叶片细小的缝隙处过来，满院子，都是耀眼的光柱。

深深浅浅，明明媚媚。

那一刹那，我觉得，这种光，有一种再生力。

这种光，能抚慰伤口，治愈伤口。

守着这一片光，我想，一个人，搬一把椅子，坐下来；或者，倚着墙，站着，发发呆，敢预想一切近在咫尺或远在天边的幸福。

我想，到了时间，我愿意抛下所有手边的事，为一家人做一顿饭，为一家人张罗着一天末尾余下的所有生活，彻底收拾掉日子的边角残余。

在光里，那把丢在角落里的秃头扫帚，被我再次拾起来，净扫庭院。那张倒在屋心的橱柜，被我再一次扶起来，撑起房屋的一角天。

那一根米把长的日光灯管，被我固定在檐下的墙角处，做了一个别致的毛巾架子。

我想着，吃完饭，做完活，在檐下，洗洗手、擦擦脸的样子；想着，毛巾净手、净脸之后，顺手挂在檐下日光灯管上的样子——那多像一面再次挂起的旗帜——它又重新招展在日子的上游。

……

属于这栋房子的日子，属于这个家人的日子，远没有过完。人，却走了。

但我的兜里，还有火种。

我将选择一串电话打过去，告诉我脚底下这栋建筑的门牌号。

装潢的事情，来日方长，有日可图。

现在，我决定先要老陈的那块炭——

明天生炉子要用的那块炭。

雪填充不了的空白

如果那扇窗户上有块玻璃，下雪的时候，玻璃上一定会附满雾气。就像，你我家里的那扇窗户一样。

我确信，雾气会模糊掉窗外的风雪和寒冷，抵达家庭深处的温馨和暖意。

可是，那里空空荡荡的，什么也没有。它在风雪和寒冷中，完全打开了自己。敞着，悬着。

雪，一直从它的上方落下，落下。一个节奏，一个频率，一样大小，一样莹白。完全覆盖了楼下散落一地的生活残片，屋后破碎凌乱的砖瓦。

那些孤立的高耸的树木也被雪片裹住，绿植和道路也没有了颜色，所有的形状，颜色都被雪填充，大地只剩苍白。

只剩下它，落不尽，填不满，成了雪无法填补的空白。

那时，我正站在机床厂最后一栋宿舍楼三楼的位置。这是这栋建筑我能抵达的最高高度，也是整个新盛街，我能抵达的最高高度。

我对着那扇窗户发呆。看到它裸露的空白，以及空白之外更大的空白：空荡的房间，无饰的墙壁，洞开的房门，无遮无拦的阳台。

还有，阳台之外，对面另一栋宿舍里同样裸露在风雪，寒冷中的空白。

雪还在下。

加上我背后的窗户和前方的阳台。我能看到，三扇一模一样的窗户，三个一模一样的阳台，下着一模一样的雪，很梦幻。

我仿佛在两面镜子的中间，又仿佛在镜子之中。我觉得自己也是敞着，悬着，被空白挟持着，像一段无法填补的黑洞。

一时间，我很想确定自己的方位。

我伸出了自己的左手——透过墙壁，我知道左手边，站着一株三四百年的椿树。然后，我又伸出了右手，顺着右手的方向，穿过前方的砖瓦，高墙和新旧不一的废墟。那里，站着宿迁大地上第一栋青砖楼。

我知道那株椿树，枝干黢黑，树皮外翻，身体装上了钢铁支架，知道它脚边还围上了米把高的护栏。

我知道它来自晚清，知道和它一起的，还有一株柏树、一株柿树和一株梧桐树，所谓"百世同春"。

它们四株，同生为伴，一起从遥远的清朝出发，经过了晚清、民国、新中国。它们互望遥看，相映成趣。旧时不改的容颜，一部分闪烁在破庙的青灯里，一部分明媚在深宅的灯笼下。

它们赶着路，不曾停歇。

可走着走着，忽地一回头，却又各自走散——"百世"以下，"春"不再同——柏树、柿树、梧桐树，不知在什么时候，踪迹全无，下落不明。

在回首处，只剩一株椿树。

一株重病缠身的老椿，一株孤零零地守在原地的老椿。

它站在那里，风来雨往，心中埋着三块残缺的空白。

我知道那栋青砖楼，身材结实，造型独特。青砖的缝隙中，填着旧时建筑才有的糯米汁、木头和鸳鸯钩。

我知道它来自民国，知道筑就它的是一对卓姓父子。

它立在那里，气派，荣耀，不容忽视，和不远处号称宿迁大地上第一栋红砖楼——道生碱店，正好形成对峙。

道生碱店，由洋人参与设计、建造，身上披着异国情调的红，是烫在小城掌心的疤。

卓家大楼，通体由宿迁人自己造就，身上带有民族色彩的青。它是立在小城背后的脊骨。

我知道，这两栋一红一青、一南一北的建筑中间，是绵延连缀的东大街。它们是一批来自清朝的建筑。

它们青砖黛瓦，富贵气派，曾是小城的经济大动脉。

在这条街上，这儿是高家的，那儿是蔡家的、王家的。商号林立，繁华喧闹。而在这条街上刨食果腹的人，则是小城曾经的精英。

他们，白天在东大街做生意，晚上回到新盛街睡觉。

他们得风气之先，精明，富庶，思想开明，眼界开阔。在他们的人生故事里，可以窥见小城昔日的荣光。

只是可惜，最后，他们中的大多数，都选择沿着财富铺就的梯子，携家带口，攀向更富庶，更明朗、更现代的地方。

对宿迁、故乡，他们都选择了转身，选择了远行、离去，只留给宿迁、家乡一个背影，一些雪泥鸿爪的片段，以及更大的空白。

这是庞大的、雪同样无法填充的空白，即使我再怎么努力追寻，走访。

我曾经有幸寻得了他们的后人，他们的户籍上赫然写着上海、苏州、常州、镇江，嘴里浑然讲着我无法明白的上海话、苏州话、常州话、镇江话。

我们在异地他乡的茶馆里，简单地热情寒暄，诉说过去。可张口之际，每一次交谈，我们都觉得无比吃力——都要混杂着必要的停顿、重复，甚至手势。

最后，我们在用各自烂熟于口的方言，朗声道出宿迁的同时，还要不自觉地用普通话来辅助解释。

这样的交流，时常让我恍惚。

让我觉得，自己像是在隔水喊山——我一个人，孤独地站在此岸，焦急地等待着远处山水阻隔的声音，一段一段，一个词一个词，一个字一个字地到来。

在我的等待中，我常常走神，我无法集中自己的注意力。我的笔记本上，充斥着太多涂抹的墨团，以及太多不明所以的字词、段落。

很多重要的人名和普通话无法转换的方言，我只能用同音字或者拼音来替代。

更重要的是，在我记下它们的同时，我明白地知道，我根本无法通过他们的方言和一星半点的记忆，抵达宿迁的过去，无法看清他们祖辈留下的那段空白。

但我还是选择了听，选择了记，选择了不断地涂抹，不断地打断、求证、重记。

因为，我能察觉到，这些声音，来自时间的深处，它们是从远方的某个角落，借着别人之口飘摇而来的。

我曾经还有幸寻得了和那些精英们一样老的宿迁人，他们曾是顾客，是佣人，是帮手，是没落的、无力追随其后的邻里。

他们老态龙钟，嘴里说着很酽的宿迁话。这曾让我欣喜若狂。

在属于他们人生的最后某一天里，我带着笔记本、手机、录音笔，四处寻访，终于叩响了他们的家门。

他们中的大多数，如今，退守在这个城市最隐蔽的角落。在他们人生最后的日子里，他们无力再上高楼，无缘与这个城市的后起之秀平分秋色。

他们或佝偻着背，蜷缩在高楼之下阴暗潮湿的车库里，或低着头、含着胸孤独地活在棚户区的寂静中。

他们的记忆，关于这座城市的记忆，关于自己个人的记忆，早已经遭到时间的围剿、篡改。他们颤抖的手，已经留不住太多的东西；深陷在皱纹里的嘴巴，已经吐不出太多的字句。很多记忆，已经变得粘连、纠缠。

理不清，说不明。

当我孤身一人，站在他们的对面，迅速记录下他们碎片化的记忆时，我的头脑中，时常不由自主地盘踞着某部电影中的某个镜头——一片片滑落在半空的枯叶，在刺眼的阳光里，如剥落的一片片鱼鳞，一闪而坠。画面最后长久地停留在空荡荡的树梢，已经树梢背后同样空荡荡的蓝天。

蓝天之上的天，是更加遥远而孤独的蓝。

只有极少部分的人，还能声情并茂地叙述着，还能在自己故乡的屋檐底下，唾液横飞，但他们缺少必要的佐证。

他们的证人早已经离去，证物也正在一点一点拆毁。更重要的是，随着时间的推移，他们也越来越证实不了自己说过的话，自己曾经声情并茂，唾液横飞的经历和记忆。

在我整理自己的笔记的时候，我时常会发现——在相同的屋檐下，相同的语言里，因为采访时间的不同，他们给我的字句、往事、人生，慢慢地开始大同小异，小同大异。那些记录下来的白纸黑字，在面临一次又一次的采访时，遭到了一次又一次的清洗、涂抹。

还原成一段段空白。

但他们留给我的，是始终如一的声音并茂，始终如一的唾液横飞。

我曾经以为，只要乘上了他们的叙述列车，便能穿越时空，撞掉时间厚厚的尘埃，迅速抵达过去。

我曾经以为，快要抵达那些离乡人的背影了，快要看清那些离乡人的容貌了。

但最后，如你所知，一切都是徒劳，我兜兜转转，最后还是停留在了原地。

我觉得，在曾经的某个时刻接近过他们，但那也只是接近——我只抵达了他们的衣角，只看清了他们脚下的扬起的尘土，只看清了他们走得毅然决然的背影。

他们不曾回头过。

那些老人，也无法理解他们的决然。

那些小城曾经的精英们，走在时代的前列，留给那些老人的背影，和留给我的背影是一样的大小。

我能赶上那些留下来的老人，而且是老人中的少数，却赶不上他们。

我离他们更远了。

太多的空白，我无力填满。

就像，那扇雪无力填满的窗户。

走失的羊

在后来的采访中，我再没有打听到那只羊的下落，仿佛它在一个人的眼底下走失之后，又一次在另一些人的言语和记忆中走失。

这给我带来了无限的烦恼，甚至一度让我质疑采访的意义和价值。

这只羊，在我这里已经放养了三百多天。它在我的大脑里自由跑马，神龙见首不见尾。

它经常性消失，又总在无意间出现。

它的眼睛里常含着一汪水。

开口时，说人话。偶尔，也说羊话。说人话的时候，舌头是草青色的，齿缝间流着青草的汁液——奇怪的是，这个画面异常清晰，我甚至能清楚地看到那些漫过舌底的绿色液体，看到浮在绿色液体上面的那几粒如岛屿般的米黄色牙齿。

每次想到这个画面，我都会想，拥有这样的视角和观察力的人，该有多大，身高是多少？

那时，该多大呢？

我问。

……

没有回答。

站在记忆的这一端，这样的提问，时常让我觉得，像是在对记忆中的某个人呼唤。又像是守着电话机给某个人拨电话——我不知道，对方什么时候接。但又确信，唯有不断地问，不断地拨打，才会寻找到那个回答我的声音。

我总在无意间被那个画面打扰——

那时，该多大呢？我又问。

时间，混沌地过了很多天。

……

对方仍旧，无人回答。

但那个画面，却从不肯放过我——

那时，该多大呢？

这一问，我已经记不得，是第几次问了。

反正没有间断过。

七岁。

他来了。

无缝对接，水到渠成，竟没有丝毫犹豫。

仿佛他一直在离我很近的暗处，仿佛他从没走远过。

我很激动，我想我会永远记得这个声音到来的时间：2018年7月23日14点23分，午睡之后。

一切如此神奇。在距离第一次提问的三百多天之后，我终于找到了那个声音。

一个五十三岁男人的声音。

是的。

我没有弄错。

我一下子，就看清了这个男人的模样。

那情形，好像是坐在电视屏幕前，画面忽然从一只羊的镜头，切换成了他的那张脸，很清晰。

我认得他。

我确定。

他是我这近一年半里众多采访人员中的一位，个头不高，留着胡须。当然，这不是特别的，这一年半里我采访的大多数男人，个头都不高，而且大都留着胡须。比较特别的是，这个男人，患有严重的眼角膜炎，见光流泪。

对，是他在讲话。

他讲话的时候，眼里含着一汪水。

我想我还可以找当日的照片，这是证据。

这个男人的照片，就在我的手机里——当我听到那个声音的时候，他在照片里的模样，也随之浮现。

这一切，极像是被拎起的鱼竿——原本消隐在湖水中的鱼线，突兀水面的漂浮和坠入水底的等待，一下子，随着鱼儿的到来，紧密地关联了起来。

我记起，那一次采访的更多细节（多么奇妙，在此之前，我已经彻底忘记，就像它们从没发生过）：

时间是在中午。这个我印象深刻，不会出错。因为，我从不会选择在中午采访。老城人，大都有睡午觉的习惯，午间采访对他们来讲是一种打扰，很不礼貌。所以，我极其注意。可是，那一次的采访，偏偏就是在中午。

缘由是什么？我记不得了。

总之，它是个例外。唯一一次例外，但又好像不是唯一一次例外（可见人的记忆，是多么的不可靠）。我记得，从外面，踏入他家那扇木质的大门时，屋里屋外正是一冰一火，极暗极明，反差极大。这种感受和经历是唯一的——这对于皮肤和眼睛来说，是两种刺激，不可能忘记（可见强烈的感官刺激，有时比记忆更可靠）。

他的屋子空空荡荡的。

没有空调，没有大件的电器，也没有长桌、长凳。他原本是要撤离的，但后来节外生枝，价格没有谈妥，于是就这样僵持下来了。

站在房间里，我最先注意到的是窗户，那里只罩着一张米黄色的被罩。四只长钉，钉在四角。每一只钉子呢，又只敲进去了钉长的三分之一。

没有风。但那里皱巴巴的，像是有一只绿色的手罩在眼眶上，五指并拢，指背起伏。

他的妻子，很和善，也很麻利。进屋，一转身，便从里屋端来两杯茶水。玻璃杯，烫手。茶叶，在杯子里沉浮，绿如点墨——记住这个情景，是因为整间房子，被窗帘过滤过的光线打着，满室也是茶汤色。而我们，正仿佛那杯中的三撇茶叶！

他招呼我喝茶。

我客气了一下，还是起身接过。待要放下时，却怎么也找不着地方。

拿眼看他，他一只手握着茶杯，没向嘴边凑，另一只手伸出一根手指头，去够杯口的茶叶。动作夸张，摸着了，嘴一张，丢了进去。

整个画面动了，最后就只剩下一个嘴巴的特写：他在干嚼那枚茶叶，一面咂嘴，一面舔舌，持续而长久地嚼；推向唇边，舌尖翻炒，又甩向后牙槽；一点一点碾碎，磨开，贪婪得像一只羊。

仿佛兴之所至，真能像羊那样叫一声。

他说，铁观音，甜。

我没听懂。

一愣神，他脸就凑过来。很近，很近，眼里带着水。他很认真地对着我说，你也试试。

我懂了。

他说，有秘诀的。嚼两下，然后，挨着舌根、舌底，吸一口气，气过舌根，就这么一扫，嘿嘿！

嘿嘿，自来自得。坐在这样的一间残缺的房间里，外面酷暑烤人，一声嘿嘿，忘我，真如神来之笔。

我争着要学，试了两下，却不知为何，怎么也学不来，总被口水呛着。最后，一着急，咳到直不起腰来。

他不上来扶我，只是笑。他的妻子也跟着笑。两个人前俯后仰，满屋子都是笑声。

我说，咳得我两排肋骨都酸了。

他说，笑得他两排肋骨都酸了。

就这样，我咳，他们笑。三个人，在一间茶水色的房间里，像是泡开的茶叶，旗枪舒展，此沉彼浮。

他说，许久没人来说话，今天收不住，管不住了。

现在回想起来，我还是很感谢这一段小插曲的。因为，若没有这样一段小插曲的暖场，我们后来可能不会聊得那么放松。

我们聊了很多，很碎，很随意。事与事，人与人之间，没有什么关联。从周家大院，到叶家大院，再到卓家大楼；从沈伟国，到蔡西野，再到国民党上将，还有下街徐二奶奶、新盛街神医陆八爷。

一切的交谈，如水落地，随意铺展。

我还记得，他嚼茶，说叶家人的模样和语气。

他说，是熟人，不好说的，也不必问哦。一个语气词，仿佛我们相识很久。

接下来，是说徐二奶奶的事。一句一顿，出口成章：这重阳糕，四四方方，插上小彩旗；走这街，串那巷；一手敲着梆子，一手挽着篮子；篮子里面呢，是红的，黄的，绿的，五颜六色，很好看。

说陆八爷也是一句一顿：人人皆知，功德无量。一根银针，专治小儿各种疑难杂症。

我摊开笔记本，记下一个陆八爷。随后，应该又问了几个问题。再后来，又说了些什么，记不清了。

那只羊的出现，纯是意外。

那时我把手机里采访的照片拿给他看。他眼睛眯着，烟熏火燎一样，吃力，但还是一张一张讲解。我大为感动，一句一句记下来：

哪栋房子原来住着谁；哪栋房子是新建的，翻修的；哪栋房子是老房子，没动过，老砖的颜色，老墙的砌法，新砖的规格。事无巨细，言无不尽。

后来，他顺着一张照片说起，说这块地界上最后一块砖雕在哪儿，最后一面石鼓又在哪儿，老巷子的格局如何，谁家挨着谁家住，老户们如今在这个城市的哪个角落，等等。

那些新起的建筑，如杂草一样，被他三言两语横扫，剔除。而那些老建筑，则如棋子一样，从他的记忆中任意提取，安放在原来的位置上……成竹在胸。

时间在汹涌回流。呼啸耳边。

一些人，回来了。

都是一个个陌生的名字。

他们穿过那个消失的巷口，走在那条消失的街道上。

……

往昔——重现，如幕拉开。

人的记忆，有时真的很奇妙——一些人，仿佛只有提起了那条巷口，才会不请自来；一些事，仿佛只有提起了那些人，才会如约而至。

那只走失的羊，就是这样。

我先是被那些人的故事包围着，如同在巷子里左拐右拐，没有尽头地走着，忽然一晃神，在一个阳光的豁口处，与迎一只羊面撞上了——

它在逃。

我给它让了道。

它身子一闪，健壮有力。我的眼睛盯着它。

那些人和那些人的故事，也给它让了道。他们的故事在这间房子里，在他的嘴边，戛然而止。

那条消失的巷子和街道上，只剩下一只奔逃的羊。

它在一个五十三岁人的记忆里奔逃，速度很快，慢慢地，只剩下一团白色和两条细长的青灰线条。

那时多大呢？我问。

七岁，他说。

他说七岁的他，跟在这只羊的后面，一直跑，他不知道它要逃向哪儿。自己脚下的青石板路，不几步变成了泥土路，泥土路不几步又变成了羊肠小道，而这只羊，却没有停脚的意思。它一直逃，很坚定。

它消失的地方，如今垫着厚厚的砖石水泥，站着七八栋建筑。这些建筑在他看来，是矗立在几代人记忆间的围挡。

上一代人，上上一代人，可以穿过砖石水泥看到这些房子最底面的东西。而这一代人和下一代人的眼睛，却只能停留在地面的花草植被。

这片土地上的事情，这一代人总是知之甚少。下一代人，只能知道得更少。

他们只知道，他们夜夜睡在床上，睡在屋里，却不知道屋子下面是什么。是什么？

藏兵洞口！

他们睡在藏兵洞口！

想象吧，在我们这一辈人的眼里，土地之上的一切，都是透明的。

他们只能看到地面，而我们看到了他们睡在了藏兵洞口。

他们可以安然地睡去。我们却不能，我们想着地下的事。

在那样的房间里睡觉，我确信我能听到士兵行军的脚步声。

当然，还有羊蹄声。

那只羊，就跑进了藏兵洞。

故乡是这个时代不真实的东西

当我决定，对眼前的这个"95后"，用第三人称的"他"，而不是用他的名字来叙述的时候，我感觉到了"他"的遥远。好像，把他一下子抛到了茫茫人群之中，抛到了这一代人的集体群像之中。他的影子，渐渐重叠，模糊。我仿佛看到了这一代人的故乡，不真实的故乡。

1. 已经没有谁，能在一栋房子里生老病死

故乡，即是来处。对于来处，中国人通常喜欢刨根问底，不仅问出生地，还会问到"祖籍"。

其实，从爷爷那一代人开始，已经没有谁，能在一个地方、一栋房子里生老病死。如果说故乡跟土地、房子有关的话。

不说远的，就在1978年到1998年，这短短的二十年里，爷爷已经住坏了三栋地点不同、风景不同、大小不同、材质不同的房子。

在那栋他亲手拆掉的茅草房里，爷爷为自己举办了婚事，欢天喜地地迎娶了自己的新娘。而在那间他亲手建造的三间小瓦房里，爷爷迎来了两儿一女的出生。

爷爷把自己的青年和壮年，分别丢在了那栋茅草房和小

瓦房里。那是他一生中最值得留念、珍藏的黄金岁月。在他后来的岁月中，他对这两栋反复说起的房子，充满了浓重深厚的感情。一砖一瓦，一梁一柱，都流淌着动人的故事。

但需要说的是，那间茅草房，只是爷爷住过的第三栋房子。而那栋亲手盖的，如今也不复存在的小瓦房，已经是爷爷住过的第四栋房子了。

早在此前，爷爷已经把自己的童年和少年，丢在了一栋老房子和另一栋二手斑驳老旧的土墙茅草房里。

根据他后来生动的叙述，极富感染力的表情，以及并不多余的手势，停顿，远望，出神。他，对这两栋房子，也同样感情深重，尤其是那栋老房子。

那是他家的祖宅。

在爷爷出生的时候，据说，老房子就已经有两三百年的历史了。爷爷说，他的父亲和爷爷，曾在那里度过了自己完整的一生。老房子和他们，一起见证了至少两代人的生老病死，婚丧嫁娶。

这栋老房子，在1949新中国成立后充公。后来，曾祖父是以租住者的身份，居住其间、死在其间的。

上个世纪80年代，政府废除老房子租赁，允许买卖的时候，爷爷动过心思，想把它买下来。但当时身无分文，最后，四下里筹借无着，只能眼睁睁地看着它，卖给了一户出价更高的朱姓人家。

朱姓人家入住之后，几修几补，大刀阔斧，后面开了窗，正门左侧重新开了门。依着老房子的山墙，还搭一个棚子做厨房。

烟熏火燎，长年累月，一家三代人，吃住其中。

又过了几年，大概是 1992 年前后，据说，老房子在一场大雨之中，顶上的瓦坠落下来，砸伤了人，于是朱家人，将其彻底拆掉，重新建了新房。

新建的房子，如今也倒下。时间是 2017 年 10 月 26 日。

那栋老房子，让爷爷一辈子耿耿于怀。那是他家的祖宅，但他一出生，就不再属于他。在后来漫长的时间里，当他有机会占有它时，自己却无能为力。等到自己有能力的时候，房子却夷为平地。

他一辈子住坏的三栋房子，都在老房子的不远处。他埋伏在老房子左右，却始终得不到起身冲锋的号角。

爷爷，虽然一生从没有离开过故乡，但也一直没有真正地住进"故乡"。他的身心，都在故乡的土地上流放。无处停靠。

爷爷的故乡，始终缺一块。

2. 在梦里，父亲的身心都拒之门外

接下来要说的是他的父亲。有关父亲的故乡，从一个梦开始。

在父亲五十岁的时候，常常做一个梦。在这个梦里，他走在了归家的路上。

那样熟悉，那样自然，那样身心愉悦。

那种愉悦感，好像什么重要的东西失而复得，又像是祈盼已久的事物悄然到来。

他先是穿过两条巷子，然后转了五六个弯。每一个巷口的这端都像是黑夜，另一端都像是白昼。

起初，他在巷子里游走、转弯，就像在夜里不断走向白昼，然后，再由白昼迅速坠入黑夜。

所有的黑夜与白昼，只有一条巷子的距离。

所有的黑夜和白昼，都无比祥和、温馨。

后来，他感到疲倦了。他站在一个白昼的端口，向另一个白昼的端口展望。这时，他忽然发现，原来，巷子的一面墙是可以移动的，像橱柜的移门。于是，他大胆地伸出另一只手，推了推另一面的墙，果然，另一面墙也是可移动的。

这让他欣喜若狂。

接下来，他把双手扒在巷子的两边；然后，顺势做了一个划桨的动作，一瞬间，凉意袭人，巷子在迅速后退，像是河流的两岸，而自己则像是在水面上迅速飞驰。

他归家心切，手脚并用。

不多时，他便站在了自家的门口。

门，初看是一道门。再看，变成了两道门。一道木门，一道铁门。木质的门配木头的门框，铁质的门配铁质的门框。木门和铁门相接，木头和铁长在一起。

来不及细看，木门和铁门，忽然同时敞开。他没有被惊吓到，毫不犹豫地走进木门，那是他的家。但当他抬步入内的时候，看到的却是铁门背后的建筑工地，一排简易彩钢板房前，坐着几个赤膊的男人。

有一个男人向他走来，扔给他一顶安全帽，他没接。

他，左顾右盼，心存疑惑。

他，忽然跳起脚，想要骂人。

但一激动，脚下的路，忽然齐齐向后退。

他被身后一股巨大的力量，吸出了铁门，迅速回到巷子里。

巷子里可移动的墙壁，也在一瞬间，变成了坚固的车厢。

白昼，黑夜在眼前，再次交替。这次他看清了，这是火车在穿过了一个又一个涵洞。他耳畔生风，四肢无力，怎么都动弹不得。

他心情沮丧，想大呼小叫。

眼里一酸，醒了。

在梦里，父亲的身心，被家拒之门外。

这个梦，自从盯上五十岁的父亲，就一直纠缠着父亲。父亲常常在自己的家里，在自己的床上，含泪而醒。

当五十岁的父亲，终于卸下奔波，告别工地，与过去一刀两断的时候，他以为自己可以在自己的家里伺候生活。但过去的生活，似乎并没有轻易放过他。它们阴险地，在梦里，追赶而来。

在父亲身体停下来的时候，它们呼啸而至，致命一口。而年老的父亲，毫无防备，只能束手就擒。

五十岁的父亲，归家的，只是身体，他的灵魂和属于他的安定生活，仍没有归来。它们还处在离乡的巨大惯性中，仍在流离中，奔波中，无处停歇，无处安放。

父亲那一代人，是在路上的一代人。那一代人，半生往返于家和工地之间，工地与工地之间，身心疲惫。

那一代人的身体和灵魂，在归家和离家的车上一次次流转。故乡和陌生的城市，是流转的两个端口。

他们一次次东奔西走，居无定所。

3. 故乡是一只紧在头皮的箍，无法刻骨铭心

如果说，爷爷的心结是房，父亲的心结是梦，那他的心结，则是床。

一张空床。

一张放在干净、空荡的房间里的空床。床上，罩着一张蓝白格子的被套。被套隆起的部分，是叠放整齐的被子和床褥。

这样的画面，积着灰，落着尘。阳光如水洇在窗帘上。

他上小学的六年里，上学放学，始终绕着自己的家门走。家门上垂着的锁，是一种早已烂熟于心的拒绝。

可以打开这把锁的钥匙，只有两把。一把跟着他的父亲母亲一起东奔西走，辗转于陌生城市的陌生工地上。另一把如同一根鱼骨，扎在爷爷苍老的腰间。

他一直睡在爷爷的屋子里。身体和心里，却一直渴望着那张罩着蓝白格的空床。

他想过偷钥匙，趁着爷爷午睡的时候；也想过撬开那把锁，在几次提心吊胆偷而未遂的时候。他还想过绕开门，砸

烂那扇玻璃窗户；想过用身体撞开墙，或者用斧头砸开墙；受那张床的蛊惑，他还想过拥有特异功能，修得穿墙之术。

有一段时间，他常常在后半夜醒来。醒来之后，不知道自己身在何处。那样的夜显得特别安静，能听见生生不息的血液从太阳穴边缘处时时流过。无形的黑暗带着有形的重量俯冲而下，他被压得喘不过气来。

他就那样：双眼圆睁，头脑混沌，将死未死，躺到天亮。

爷爷早起早睡，跟他作息完全不同。另外，爷爷贪静，爱晒太阳，寡于交际。他正好相反，好动，喜欢夜里的游戏，比如：捉迷藏。

在爷爷的家里，他总是赶不上温热的早餐和晚餐。这里有爷爷的原因，也有他自身的原因。一天里，他特别喜欢的时间就是，早餐和晚餐由热变冷的这两段时间。因为，这两段时间，可以让他兑换更多的睡眠和娱乐。

除了学习上的事，爷爷从不过问其他的事。爷爷说，他们两个，一头一尾，一老一小，谁都不能只想靠着谁，赖着谁，你要独立。

爷爷这样说，也这样做。通常他们会有分工。比如，做饭是爷爷，刷碗就是他；去超市买东西，大袋米、面，爷爷来扛；小袋盐、醋，必须他来拎着。爷爷还常常吩咐一些事情给他，而他也完全心甘情愿地认领。

不记得是哪一天了，只记得阳光特别的好，院子里的被褥晒得足足的，刚从晾衣绳上摘下来，放回屋里。爷爷开始叫他，他过去的时候，爷爷已经把那根"鱼骨"从腰间取出来了，悬在了半空。

爷爷吩咐说，回去一下，检查一下通风的窗户是否关好，并说明，在此之前，他已经把被子被褥晒好，并重新叠好，罩好。只有窗户的事，到现在，模糊不清，记不得关还是没关。他说，这是小事，你完全可以完成。

他可以完成，一定可以，绝对可以。

他几乎是一路狂奔，饿狼扑食一般。一路上的心情、细节，他已经无法清晰地回忆，跳入脑海的第一组画面是：他的手在抖。一手捧着锁，一手拿着钥匙，两手都在抖。然后，门被推开了……被罩被揭开了……自己的头毫不犹豫地扎进了被褥之中。

阳光，从焦渴的棉花里挤压而出，附着在脸上，像一只暖和而柔软的手。

一时间，他忘记了爷爷的任务，也忘记了自己。他趴在那里，脸长久地埋在被子里，直到在这张床上睡着。

后来，他是被冻醒的。

醒来的时候，腹部冷如冰块。他翻了身，仰面向上。然后，侧脸向窗。窗户被窗帘遮住，窗外的阳光，如水洇在窗帘上。四周很安静，安静得空荡。他忽然觉自己得像是躺在一个冰冷的盒子里。他望着窗帘出神，一下子喘不过气，一阵莫名的恐惧从四周围上来，他第一觉得自己很孤独，蜇了心的孤独。

于是，他迅速从那张床上弹了下来，迅速逃离自己的家门。

他像一匹马那样奔跑。那张床，在他的身后，被那间空荡的房间，那栋裸色的小瓦房，那道无门的院墙，墙外的土路，土路上的人家，人家之外的人家，层层裹挟，死死攥紧。他大口呼吸，脚步飞扬，只想一直跑，一直跑。

　　曾经，他的那张空床，就像一只箍一样箍在他的脑袋上。

　　当人们开始在不同场合廉价地礼赞自己的故乡时，他脑袋上的箍，就顺着头皮，勒向头骨，而且越来越牢固。它在向里钻，耳朵里嗡嗡，百万只蜜吟蝉鸣一样。

　　他感觉到，自己的血管被谁握在手里，谁又捏着了他的神经。他太阳穴附近滚烫，青筋充血暴起，脸上的五官像是被一根线牵着——在疼痛来袭的时候，那根线瞬间拉紧，五官像烟袋的口一样向中间拧紧。

　　在他成年以后，尤其是在异地上学、工作之后，故乡，在他的世界里始终不安分，无时无刻，向他靠近。故乡，想更紧密地贴近他的肌肤，想更深入地，探入他的骨骼，扎进他的神经。

　　他走得越远，离开的时间越长久，故乡，给他的疼痛感就越强烈。但他说，故乡只是一个箍，它再怎么施力，也只能在他头皮，骨骼附近，它无法抵达他更深地方。无法抵达他更深的地方，这让他觉得自己的故乡，并不真实。

　　故乡，或许是这个时代不真实的东西。

后记：绿色的圈与红色的字母

当一些人撤离之后,那些建筑和街道越发显得无依无靠。

很少有人认为，这也是一场遗弃。

那些低矮的老旧的建筑，紧凑排列着，早有点不自在了，正脸刷上一个绿色的圈或红色的字母。圈里，或者字母的后头，再刷上一个醒目的阿拉伯数字。

数字，红绿交杂。

绿色，代表留，生存；红色，则是拆，毁灭。

这些绿色的圈与红色的字母，一个挨着一个，很有秩序，像印在囚犯衣服上的代号，又像刻在犯人脸上的符号。

那些建筑，站在那里，名字，不再是蔡家的祖宅、朱家的大院、高家的偏房或王家的主卧。

地址，也不再指向新盛街 ×× 号、草园巷 ×× 号、财神庙东巷 ×× 号、保婴堂后街 ×× 号或下街 ×× 号。

它们，只是一串冰冷的，没有归属、没有感情的数字，37、41、58 或 64。

就像羊贩们用数字清点着自己的羊群，售货员用数字换算一天的业绩，这些或绿或红的数字，只是拆迁部门和文物部门，随意使用的一种排列方法和处理办法。

一个数字代码，一个看起来连贯的符号。

没有什么意义。

它们的灵魂，已经被抽空。

它们不再有温度，不再有任何生活的表情。它们残缺不全的躯体和空乏的门洞、窗洞敞开着，像一只只大张而无法发声的嘴巴。

屋后的风，可以顺着这些大张的嘴巴径直灌入。

这些房子，已经无法为谁遮风挡雨。

墙壁上没被扯下的贴纸和壁画，四角翘起，吱吱有声，成了这栋屋子里残留着的最后一点生活气息。在无人的时候，昼夜梦呓。

门脸上的门牌号，还有那些标有"文明户""有线电视"字样的牌子，也被有心的收藏家撬去。人们以怀念的名义，留给这些建筑两个锈迹斑斑的钉洞和一个新鲜的长方形疤痕。

我在新盛街看到很多这样的疤痕，统一的位置、统一的大小、统一的亮度，和新刷上去的圆圈和数字一样泛滥，一样刺眼。

丢掉这个身份和标识的建筑，显得更加落魄了。

拥挤的院子仿佛一下子就荒了，杂草丛生。关不上阀门的自来水，一直不停地冲击着水槽、墙壁、地面，流向下水道。

站在一栋破败的院子中，你能听到，水在暗处流动，呜咽着，描摹着，像是在抚摸着、寻找着什么，轻缓作声。那里似乎有着另一个慌乱的地下秩序，在热闹的人家退去之后，从暗处显现出来。

那些裸露的电线、电话线，也从墙面上暴起，像皮肤里被挑出的筋脉，一束束，一根根，张扬、嚣张、坚硬，如须如发。

那些没有锁的钥匙，没有盖子的水杯，没有轮子的自行车，零落荒草。还有那些破衣烂衫，肮脏的布娃娃，破碎的玻璃，也随处可见。

一些陌生的人游荡其间，他们进入绿1的内部，踏上红C29的楼梯，在绿3的屋心抽烟、红B11的后院吐痰、绿30的楼后撒尿。

他们用铁锤砸掉C40的铁门框，C42铝窗边。当第一栋建筑倒下的时候，他们的腰间别着把瓦刀，他们砍掉整砖上的水泥，把砖一块一块码好，堆垒成型。我看见两个担着挑子的瘦硬的身影，轻松地把它们运走。

而与此同时，这一个片区，更多个角落里，更多栋漂亮的被遗弃的房子里，瓦刀敲击砖瓦的声音此起彼伏。秘密的，暗暗的；分散着，蚕食着。

一块砖从一栋房子的脚边、腰下或者额头处，被取了出来。

又一块砖从刚刚新鲜而裸露的伤口处，被取了出来。

接下来，是另一块砖。

缺口或者伤口，越来越大……

当日子撤离之后，这些无主之物，完全打开。那些人的行为，算不得侵入和冒犯。它们，不再受法律的保护、道德上的援助。

当铁锤声起、尿液横流、痰液坠地，它们的躯壳深处，不会再发出一丝的责骂声、驱赶声、呼喊声。

它们只是砖的堆垒、墙的拼接，是被人们遗弃的作为曾经的家的最大物件。

很长一段时间里，我就游荡在这些被遗弃的最大的物件里。我用拍照的方式，留住它们最后的模样，并目送它们一一倒下。

尘土飞扬。

一栋房子的毁灭、消失或死亡，如此潦草。没有告别，没有仪式，没有亲人。

……

接下来，你的视野开始变得越来越空旷。你不得不感叹，人适应新环境的能力如此强悍。几乎只是隔了两天，你就会习惯新的秩序。你的眼睛会沿着敞开的空隙看去，你脚步会沿着留下的新路踏去。再过两天，随着敞开的空隙连成一片，你就会模糊这里曾经有过的一切。一些具体的细节，再也找不到它曾经的出处。张冠李戴，一切变得可疑。

被遗弃的被清理。一切像是从未出现，从未来过。

我不喜欢这种幻灭感。我想留住一些事物，一些记忆或者影像。当我意识到自己无能为力的时候，反而越发想去争取，哪怕留下一点照片、一点记忆一段视频也好。不想还原什么，只想留下一点什么。于是我也开始了采访，实地的访问。

我遇到的是一条条残缺的老街，一栋栋残缺的建筑，一个个抱残守缺的老户。我想呈现一个时间的截面，想成为一条条老街、一栋栋建筑，在经历毁灭、消失或者死亡的最后时刻里的最后的亲人。

我一个人与它们告别。